和喜欢的一切
在一起

韩寒监制　　一个工作室主编

浙江出版联合集团
浙江文艺出版社

我所理解的生活

就是

和喜欢的一切在一起

你呢？

妈妈的手 ╲ 九个妖

咸贵人：我喜欢枣子
蒋话：我喜欢甜酒酿
蔡崇达：我喜欢老家的小吃
吴惠子：我喜欢北方的盛宴

辉姑娘：我喜欢灰姑娘
淡豹：我喜欢小丽
路明：我喜欢上海老爷叔
王若虚：我喜欢三号线先生 也喜欢八号线小姐
李娟：我喜欢一个地方 那里一个人也没有

阿肆：我喜欢树

熊德启：我喜欢茶

六神磊磊：我喜欢杜甫那惊心的花　欢喜的雨
　　　　　公孙大娘的剑器　曹霸的画笔

目录

In Bloom / lesliemint

一　个　人　的　北　京

文　　咸贵人　青年作者　@咸贵人

上地铁前，我往嘴里塞了一颗枣，感觉自己最近有些气血不足，怕缺氧。下地铁时我真的不知道发生了什么，只是觉得门口挤的人太多了，我一定不能坐过站，不然要迟到了，就拼了命往门口凑。地铁一停，忽然刮来了一阵飓风，等清醒过来，我已经旋转了几个圈，立在了站台边。地铁轰隆隆开走了，而我，吞进了一颗枣核。

看着并行的铁轨消失在不远处的坑道里，我咽了一口唾沫把枣核冲进胃里，愣神两秒，拔腿朝公司跑去，结果跑错了出口，又从地面绕过去，边跑边骂自己智障。

()

很奇怪，我不认识楼梯，尤其是大望路地铁站新光天地出口的这几层。每次上楼梯的时候都险些踩空，要停顿下来好好琢磨一番，到底抬右腿还是左腿，心情好的时候嘲笑自己小脑缺陷是上天给的恩赐，心情不好的时候咒骂修台阶的工程是不是故意误导我们这些残障人士，更多时候没有心情，立马调整姿势朝上跑。

2013年，我在新光天地后面的华贸商务楼上班，每天都要经过Prada，下班时被Chanel闪烁的橱窗亮瞎眼，从不停留，只怕赶不上地铁。圣诞节的时候总有情侣在这面墙旁边照相，我嗤之以鼻，心里想他们一定跟我一样，走都不敢走进去。Chanel的橱窗是一颗一颗闪烁的星星，哦，或者钻石，好吧，其实只是灯光而已。有时走过也会停下来抬头看看，星星没有Chanel闪，真的。不知道是不是雾霾的原因，抬头仔细找，也看不到几颗。

"你有多久没有看到漫天的繁星，城市夜晚虚伪的光明遮住你的眼睛。"

我不是来北京追梦的。如果你只是想用自己的梦想光明正大地赚钱,那梦想将被置于多么可笑的境地。大城市不是梦的试金石,钞票如果够华丽,遮住的也不只是你的眼睛。

毕业那年我拿着厚厚的简历在西安找工作,运气不佳,两天未果。心一横,买了一张一星期后去北京的车票,我默念着,如果这星期内找到差不多的工作,就先待着。最后面试的是一家化妆品公司,做宣推。公司很漂亮,独占一层,格子间里飘出隐隐约约香水的味道。HR问了很多问题,让我拿笔写了一篇八百字的软文。她考量来考量去,捋捋刘海儿推推眼镜,清清嗓子对我说:"没有工作经验,实习期一千三,转正后看你成绩。"她站在我面前,眼镜片儿挺厚,我侧脸望去能看到一圈一圈的度数痕迹,我动动鼻翼,礼貌地点点头,说回去考虑。

"我去,一千三?能不能把我十块钱的简历还给我!"走出公司门我一路骂骂咧咧,踏上了开往北京的火车。

轰隆轰隆,带着一点不屑和满怀的不安,那时候谁知道这是命运之轴滚动出的节奏感。

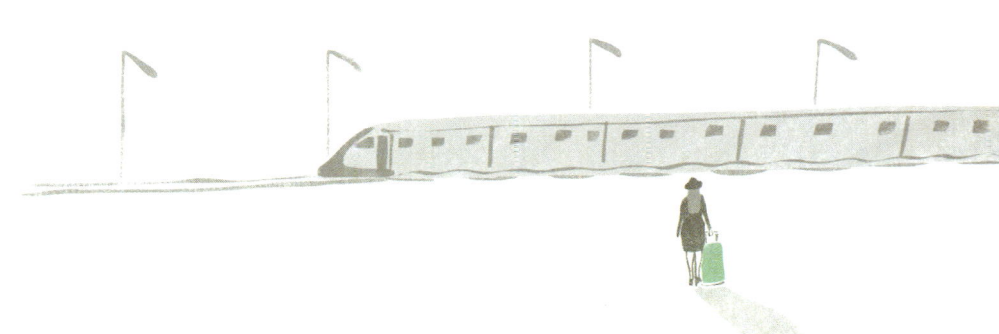

所有的北漂都曾遇到过的几个问题：找工作大海捞针，哪儿哪儿都要人，不知道哪个公司更有钱途；找房子雾里看花，哪儿哪儿都出租，照片和实景比淘宝图片和买家秀差得还远；加班时间长感叹老板剥削，下班时间早却无处可去。

我还好，一开始借住在朋友家里。二十楼上好风光，楼下是曾经被大雨淹没过的街道。黄昏时分的夕阳透过落地窗看到过几次，火红火红的晚霞，我和她坐在地板上数猫毛，安慰自己刚来，总要有个过渡期。加班到十一点，在公交车站冻得腿抖，只为能将加班报销的那二十元车费收入囊中。第一个月，看着手机上的短信提示，两千零九十九元的入账，感叹自己还不如挣一千三去给化妆品写软文。在拥挤的公交车中欣喜自己个子够高抓得住最上面那根扶手，被人潮推搡得东倒西歪时，被咸猪手侵扰不知如何声张时，也想委屈地哭一嘴。

后来跟着中介看了无数间房，大多是合租，一家里能住五六户，男女混杂，安慰自己这不过是低端版的爱情公寓，大家也一定和睦相处其乐融融。黑车司机把我的行李放在楼下甩手而去，好不容易搬好家，打扫得干干净净，出去一趟再回来，推门就看到一个惊喜，一小队蟑螂由大队长带领着匆匆四散逃窜。倒吸一口冷气，一面之缘的室友姑娘看到我吓绿的脸，翻了个白眼，"你怕蟑螂啊？夏天才多呢。"我尴尬笑笑。看见蟑螂，我不怕不怕啦。住了三天，就差从十六楼跳下去。每个人都有一个死穴，昆虫就是我的死穴。不好意思，没能出现励志大逆转，没能长成一个一脚踩死一只蟑螂还给它写墓志铭的坚强姑娘，我坐在床上大哭一场，赔了违约金，匆匆逃离。

一个人穷困潦倒又孤单寂寞时，容易依赖伴侣。我的男朋友用电动车载着我逃窜在偌大的北京城。他骑车特别狂，在堵车的灾难现场东逃西窜。一开始我怕死，公司给交的住房公积金我还没有取出来花掉，我不能死。后来我不担心了，死是死不了，被电动车摔下来三次，都是他安然无恙而我垂直坠落。

那时候的男朋友是北京人，他不在乎有多少钱可以花，因为他有房。一个不足四十平米的屋子，但是位于二环里，这有可能变成传家宝的一笔巨款让他对生活的满足感直线升高。而我每天加班，朝十晚不知。斗转星移间，我认识了很多人，他们够努力，欣欣向荣的氛围影响了我，我开始意识到身边的姑娘真的可以背Prada，逐渐对男朋友的不上进怨气爆棚。

一起挨过穷这种感情基础，要么坚不可摧，要么一触即溃。我就想使劲使劲往前跑，可是你已经安于原地踏步，我催你，你纹丝不动，并在朝夕相处中厌恶我贪得无厌的所谓进取心。

2014年，刚过完年，我就从二环里不足十六平米的房间中被扫地出门。刚从家里回来，在父老乡亲面前吹的一顿牛逼直接导致了我的身无分文。我提着行李箱走在北京凌晨的街道上，四面都是钢筋水泥的繁华，但没有我的家。

北漂三年，最怕行李箱的万向轮龃龉着地面时发出的哗拉声。北京的街上太多人拖着行李箱，浓厚的漂泊感夹杂着尘埃飘在空气里。勉强开了个房，我坐在椅子上对着镜子抽烟，没哭，冥思苦想自己怎会落得如此境地，抬头一看，四面都是墙，经济间没有窗。

"爱情这东西　你已经不再有勇气。情歌有多动听，你就有多怀疑。"

本命年的开场白就给了我致命一击，资产负一万多。同事热心的短信问有没有问题时，我就哗啦啦地忍不住泪流满面。失恋的打击不算什么，就是百思不得其解，相处这幺久的时间里，我到底做了什么才能让你对我如此赶尽杀绝，眼里的怜惜还不如对着一个路人。

我也没有发愤图强，但孤独确实让人清醒。一位朋友准备离京，约出来喝酒，大家都举杯相见欢，互诉衷肠，连珠炮似的抱怨从北京的空气到北京的现实。生活太困苦，必须好好发泄。有一位开车的朋友喝高了也不管了，一杯接一杯。走出餐厅被寒风吹醒了一半，还好餐厅提供了代驾的电话。代驾大叔来的时候风尘仆仆，把折叠自行车塞进后备厢里。朋友家在北五环外，我们从东三环里出发。大叔特别热情，一路介绍北京的光景，还推荐了好吃饭的地方。我拿出手机记他电话，说下次代驾还找你！可我没车。大叔哈哈地笑，说你们年轻人的世界可真有意思！路上一颠簸，后备厢里的自行车砰一声。我问大叔，你骑自行车干什么啊？他笑笑说：太晚了，没车了，得骑车回去啊。我心一酸，这么远的路，这么冷的天气，你看多少人在为生活奔波，而你拽着失恋的绳，以为全世界只有自己一个人被扼住了喉咙。

"许多人来来去去，相聚又别离。也有人匆匆逃离，这一个人的北京！"

06

上学时老师和家长都最讨厌小聪明。公式就是要代入才能有答案，你从其他方向猜的就算小聪明。别人都走的路你要努力争第一，贪恋别处就是走捷径。我就是那个经常被骂抖机灵的孩子。

毕业以后我发现，小聪明只要用对地方也没有那么不堪。我奔波在上下班四个小时的路上，由于地铁里没有信号，只好下了一堆盗版正版的电子书，偶尔累得站不起来，直接坐在15号线的地板上，和另一车厢的一堆大叔隔空相望。他们坐着我也坐着，但我们都没有"座儿"。不同的是他们坐在自己尼龙袋子里装着的铺盖上，而我干脆坐在地上，却多多少少嗅出了一丝惺惺相惜的味道。

我就这么在四个小时的被迫业余时间里，看看写写，终于在四月的一天，得到了回音。编辑夸我有天赋，我哈哈地笑。天赋是什么呢？上天给的礼物吗？不不不，不是的，是你自己给自己的礼物。是你榨干自己后留下的血泪史，这背后走了多少弯路不可与外人道，所以你淡淡一笑，说：这都是天赋，与生俱来的。

我现在住在三环外一点，使劲眺望能看到"大裤衩"。湿衣服依旧无法被阳光晒干，因为没有阳台。楼上洗衣机溢水从天花板渗下来淹了厨房的微波炉，楼上姑娘的丝袜时常飘到我的窗台。我依旧跟家里人吹牛逼，说自己过着纸醉金迷的都市生活，其实加班到半夜，焦头烂额接家里人电话时却恨不得假装自己在维也纳度假。但你看路这么宽，虽然不只是你一个人在走，可幸福的终点始终向每个人开放。别人肩挑重担面带笑颜而你忧心忡忡，仅仅因为自己无法被晒干的衣服。

北京特别大，到现在我也不认识哪儿是哪儿。地铁一不留神就坐反。想起那段坐在地铁车厢地上的日子，我就像个撒娇无路的惯犯。现在回头看，却只剩对那重重叠叠的四个小时的感谢，让我的阅读量有了质的飞跃。你走过的弯路，从来都不是白走的。

周末我坐在家里晒太阳，就着暖气，一口一个往嘴里塞枣，含着枣核冲舍友嚷嚷，一不小心又吞了一个，赶紧喝了一口手边的奶茶。大望路地铁站的人依旧多，不过走着走着，已经认清了出口，不会再轻易错过。也许故事没有那么多失意，但柳暗花明的香味依旧最袭人。

北京，让我拥抱你，在晴朗的天气。

Peace / 黄暄

云 带 来 你 的 消 息 ／ 加 州 招 待 所

北　方　有　盛　宴

文 / 吴惠子　作家　编剧　@吴惠籽

直到十一岁，我才吃到这辈子第一个汉堡包。其实也不难想象，我出生的南方小县城，面积小，人口少，县城小到每年春节扫墓，都能在公墓大门口不费吹灰之力地碰到好几个同班同学，所以十一岁能吃上汉堡，在我们班已经相当时髦。

这都归功于我妈，她年轻的时候卖烟，天南海北基本都去过。那几年分管东北三省，常驻北京办事处，烟卖得风生水起，因为见多识广，所以一直走在时尚前沿，逛赛特，烫卷毛，穿短裙，背LV。十一岁那年，我刚刚开始发育，挑肥拣瘦，有的衣服开始不爱穿。我妈明察秋毫，看出了我臭美的苗头。有一回她出差回来，突然觉得我很土，便二话不说买了两张火车票，让我跟她去北京见见大世面。

火车北上，我妈说，女孩子应该多出去走走，眼界宽，气质自然就好了。她问我到了北京最想干吗，我冥思苦想，憋了半天。
爬长城，吃汉堡。
我妈惊愕，不可思议地看着我。她哪知道，爬长城和吃汉堡，已经是我对北京这座大都市所有想象力的极限。我妈也同样突破了自己的极限，意识到我比她想象中还要土一万倍，于是我们下了火车还没来得及放下行李，她就冲到麦当劳给我买了这辈子第一个汉堡。
我十一岁，汉堡是胡椒味的，怀着忐忑激动的新鲜劲儿，我捧着软软的汉堡认真地咬了一口，又认真地咬了第二口。
崩溃。
又黑又黏的胡椒酱，滋味奇怪，难以下咽。我抬头看看我妈，再看看周围，大家明明都吃得比我香。由于担心我妈再次嫌我土，我勇敢地把汉堡吃完了，心情非常复杂。

可谁知道这种被全世界背叛的感觉，竟接踵而至。
第一次喝到固体状的酸奶，第一次吃到从水里捞出来的不仅不带汤还要蘸醋的

饺子，第一次发现这个世界上除了尖椒肉丝还有甜甜腻腻的京酱肉丝，第一次端起撒了葱花和香菜的咸豆腐脑，第一次遇到放糖不放盐的西红柿炒鸡蛋。我狭隘的味觉突然就慌了，心里也慌了。

当我第一次涮北方的清汤火锅，发现锅底居然没有猪蹄和土鸡的那一刻，我不屑一顾，心想这清澈见底的一锅水，也能算火锅？但是新鲜的羊肉放在铜锅里烫一烫，芝麻酱里蜻蜓一点水，味道还是绝了。

我妈带着我吃遍了北京，又一路北上，吃到沈阳长春哈尔滨，从中国人开的小馆子吃到俄罗斯人开的西餐厅，口味跨区域跨民族，食材上天入地。那个寒假，我的每顿饭都像盛宴，我鼓励自己在带着冰碴的生拌牛肉里振作，也纵容自己在晶莹剔透的锅包肉里沉沦，彻底明白了我妈为什么说我土。

我梳着两条麻花辫子，穿着我妈在赛特给我买的羽绒背心，站在八达岭长城上第一次和两名陌生的外国友人合影。我暗下决心，总有一天要横扫地球，吃遍天下所有的飞禽走兽。回家的火车上，我妈给我买了一包真空包装的卤鹌鹑，啃起来奇香。

我妈看着我，就像端详一件艺术品，她说我出去见了世面，马上就洋气多了。我光顾着吃，一心恳求我妈以后每次出差坐火车，都要给我买两包卤鹌鹑。

回味着北方才有的盛宴，我胃口大开，青春期长身体，无肉不欢。初中毕业，学校体检，班主任语重心长地提醒我注意身材，让我考虑减肥，我觉得他多管闲事，一笑而过。

中考完那个暑假，我住的小县城终于开了一家餐厅，叫麦琪汉堡，生意奇好，我第一时间又去吃了一回，香辣脆鸡堡的味道甩出胡椒汉堡好几条街。我看着餐厅里络绎不绝的人，盯着他们的嘴，捕捉他们吃这辈子第一个汉堡的表情，有种扬眉吐气的自豪感。我打包了一个汉堡给我外婆，让她也赶赶时髦，可她咬了一口，摆摆手说太难吃了，问我中间的菜为什么是生的，说外面的饼还不如烧饼。我偷笑，觉得外婆比我还土。

后来我妈因为工作变动，从东北三省调到了粤东，再次刷新了我对食物想象力的极限。虽然天生好吃从不挑食，也自认为见过市面胆大包天，但广东人还是让我觉得自己太孤陋寡闻。有一回跟我妈去汕头，听到我妈的客户们说要吃猴子，我问了我妈三遍是不是动物园那种猴子，我妈说是。那一瞬间，我还是崩溃了，彻底忘掉了自己要吃遍飞禽走兽的誓言。我偷偷跟我妈说，你可别吃猴子。我妈说，你放心，我不吃，吃了要遭报应。
我长大了，胆子反倒小了，干锅野兔，已经到了我敢吃的哺乳动物的极限。

高中学习压力大，食量也大。我妈跟单位申请，出差的时间缩减了一半，保证总能在家里给我做饭。她去的地方多，做菜手艺天赋异禀，南北口味融会贯通，但凡她吃到好吃的，就会默默地把食材和味道记下来，遇到吃不明白的，还会跑到厨房去找师傅耐心请教，然后回家第一时间做给我吃。

我家虽然深居内陆小县城，但米缸里永远都是我妈从东北运回来的香喷喷的大米，饭桌上随时都能从平平淡淡的鄂西风味变成精致的粤式小炒。原本我妈是出于好意，就为了能让我吃饱了好好读书，可是由于我妈做饭实在太好吃，以至于我每天吃饱了就困，根本没办法好好上课，经常因为中午吃得太饱，下午的数学课上大脑缺氧听不懂老师在讲什么。晚自习下课后回家，我还要风卷残云，就着中午的剩饭剩菜饱餐一顿。有一回我一口气吃了半个电饭锅的饭，我妈忍不住大发雷霆。
她骂我是猪，说我成绩不好，饭都白吃了。
可是饭，怎么会是白吃的呢！我胖了，真胖了。

高考前夕，别人的妈妈都给自己孩子买各种补脑口服液的时候，我妈看电视购物，给我买了一种非常甜的进口减肥食品，叫什么减肥朵朵粑，我吃了半个

月，一点效果都没有，抑制食欲对我来说就是胡扯。我妈只好勒令我每顿最多吃一碗饭，还不让我压得太实，并没收了我的全部零食。

但还是晚了。

高中毕业，还是学校体检，身高一米六刚出头的我再次称体重。我以为秤坏了，最后好话说尽，医生才勉强答应我在体检表上少写六斤，说那就凑个整数，一百二吧。我看着镜子里的姑娘，粗腿圆脸，虎背熊腰，一点也不好看，这才后知后觉，意识到高中这几年给我写情书的男生，欣赏的原来是我秀气的灵魂。

而不是我的脸。

伤心之余，再想想自己以前总是以貌取人的行为，觉得十分肤浅。

那一阵儿，每当我端起碗，我妈就会问我，你要吃，还是要美，我就如鲠在喉，第一次隐隐约约觉察到，最接地气的价值观，其实就是我们在最艰难的时候做出的那个选择。

虽然，胖是一种无法呼吸的痛，但是一想到没肉吃，我便更加心痛。思忖再三，我意识到自己的内心始终无法割舍于少记忆里的铜锅涮肉，觉得人生得意须尽欢，便毅然决然离开小县城，到北京念大学。

北方虽有盛宴，却气候干燥。我因为水土不服，刚到北京的那一年，几乎每个月都去医院报到。发烧挂水，体重直线下降，减肥效果强过任何减肥药。人一瘦，肆无忌惮，吃得更多，常常跟朋友三五成群，大街小巷地胡吃海喝。

可我们都是吃不了猴子的同类人，最大的出息就是跨越半个北京，去西四北大街排队买煎饼，或是开着车从望京跑到南小街吃卤煮。夏天晚上的据点，通常都在对外经贸大学对面的车棚烧烤，冬天沿着东河沿，去南门涮肉喝啤酒，清新脱俗。铜锅咕嘟咕嘟冒着泡，窗户上雾气蒙蒙，路上的车辆和行人影影绰绰，肉吃腻了，就来头糖蒜，大口吃肉，大口喝酒，吹牛不胖，又幸福又满足。

朋友笑我吃起肉来像个男人，成本太高不太好嫁人，问我如果一顿没肉还能不能吃下饭，我光是听就急了，说不能，绝对不能没肉吃。我外婆总说，人有多大胃，就吃多少饭，饭可以乱吃，话却不能乱讲，世事无常，任何事情都没有绝对。

外婆说得对。

我妈得了癌症，整整十八个月，我一口肉都没吃过，也照样把每顿饭都吃下去了。那时候病急乱投医，束手无策跑到雍和宫跪了三个小时，发愿说只要我妈身体健康，我愿意吃素不杀生。我妈知道后气急败坏，说我书都白读了，太愚昧。她问我，人如果不吃肉，身体还能好吗？女人不喝猪脚汤，皮肤还能好吗？如果吃素就能治病，还要医生干吗？她一口气说了三个排比句，气势磅礴，听起来都很有道理。但是我固执，觉得说出去的话就是泼出去的水，我说我在雍和宫见佛就跪，跪一次就说一遍心愿，绝对不能食言。最后我妈还是没拗过我，接受了我不吃肉的决心。

我妈配合医生，积极治疗。我遵守诺言，不吃肉也不杀生，连家里过路的小蚂蚁也不碰。刚开始吃素很痛苦，因为没有动物脂肪，饿得很快，经常刚吃完饭马上就饿，半夜有时候还会饿得睡不着，人一下子变得很焦虑，瘦了好多。有一回我馋得不行，做梦吃饭，夹了一块蒜香排骨，结果又在梦里清楚地告诉自己不能吃，于是放进嘴里的排骨，又被我吐了出来。早晨饿醒后我坐在床上大哭一场，觉得没肉吃的日子真的好辛苦。那时候每天早晨路过包子铺，看到店里的人吃肉馅儿的小笼包，真的就会多瞄两眼，羡慕得一塌糊涂，觉得要是能进去吃上半屉，简直就是人生第二大梦想。

现在两个梦想都实现了。

医生妙手回春，首先我妈的病彻底好了，她的精神甚至好过从前，其次我在朋友和我妈的反复劝说下，终于开了荤。但因为太久不吃肉，第一口老鸭汤，确实腥了一把。朋友带着我连吃了三天肉，可是真的也就新鲜了不到一个礼拜，我发现，肉也没有想象中那么好吃，有时候青菜煮面，似乎更爽口一点。

现在跟客户吃饭，山珍海味满满一桌，大家你来我往把酒言欢，但我的食欲却大不如从前，味同嚼蜡，经常走神。奇怪，这不就是我曾经心心念念的北方盛宴吗？高朋满座，热闹非凡，但盘子里的菜，味道怎么像是变了。

心口仿佛有一束光，沿着喉咙撞过来，把舌头上的麻辣鲜香都冲淡了。世人皆有五蕴，最先变老的原来是味觉。春风得意马蹄疾，一日看尽长安花，天南海北的缤纷筵席，吃份儿新鲜，吃不出团圆。

小时候我信誓旦旦，要吃遍地球，可眼下，走到北京，已经是我能从家里走出来的最远的距离。风风光光的北方盛宴，恐怕再使劲也推不到高潮了吧，因为生命里真正的高潮早就出现了：

我妈撸起袖子，在厨房三下五除二露一手，凉拌木耳，白灼芥兰，丝瓜炒蛋，清蒸老虎斑，配一碗干贝白菜汤，添一碗喷香的白米饭。

四菜一汤，尽是滋味，千金不换。

一个人也要吃火锅 ／ 杜芳

窥视 ／ 曹迪 CDplayer

地　铁　里　的　武　士

文 / 王若虚　作家 @王若虚1104

地铁和高峰时的地铁，基本是两种截然不同的交通工具。一个高峰期不换乘地铁的上班族也绝不能说自己完全领略过地铁的魅力。

每次换乘地铁，看到下行的自动扶梯上因为某个笨蛋不识好歹地站在左侧，害得后面大队人马无法快速通过，居高临下的三号线先生就有一种想把前面那人一脚端下去的冲动。这一脚下去，固然会害了其他多米诺骨牌，可谁叫他们不端自己前面那人呢？这里是魔都，中国节奏最快的地方，没人会因为你走路太快而责怪你。

三号线先生从不迟到。

有时候，三号线先生甚至会在狭窄的换乘通道里故意童一下那些边看手机边缓慢前进的低头党，提醒他们既然走那么慢就不要霸着通道正当中。多年的碰撞实战下来，他在力度和角度方面技巧熟练。他时而低调含蓄，只在侧身而过时在对方的小手臂上轻轻压一下。识相的人被他一碰，会收敛站姿往边上一挪。碰到心情不好时，他会采取比较野蛮的做法，在经过的一瞬间撞击对方弯曲的肘部，害得人家拿不稳东西，轻则PSP游戏机摁错一个键，重则手机掉在地上。

每一个在高峰时段闲庭信步并且妨碍到别人赶路的家伙，都是三号线先生撞击的目标。他自诩为地铁里的武士，匡扶正义。

地铁高峰时段，前面的人走快点就是正义。但他不拯救弱小，老弱病残孕就尽量别在高峰时坐地铁了——这是三号线先生的刺客信条。

三号线先生不是土生土长的魔都人，但在魔都念了四年书、上了三年班之后，他已经比大部分魔都人更热爱地铁这种交通工具。

三号线先生一直认为地面上那些高大宏伟的地标性建筑，不过是比较长的胸毛和屌毛而已，看着霸气，实则可有可无，是虚荣心的产物。地铁则是魔都的动脉，与地面交通那根静脉紧密配合，是这座城市的活力所在。没有地铁，魔都的魔力将消失，会上半身瘫痪，只剩鬼都。

三号线先生毕业后换了四份工作，都不在一个行政区，这让他坐遍了大部分地铁线。但每次他都要坐一段三号线，这成了他代号的由来。

每天早上，三号线先生睡眼惺忪地挣脱死神的长眠诱惑，从刷牙洗脸到出现在地铁站，几乎都是迷迷糊糊地在一瞬间完成。上车之前，三号线先生会把书包拿下来提在手上，只有这样他才能用最小的上围体积挤进车厢，也防止书包被门卡住，关了开开了关，成为全车的公敌。有时候他必须深吸一口气，气沉下丹田，同时双脚学卓别林那样外撇成一字形，才能让车门贴着肚脐眼关上。和其他很多领域一样，这里不是胖子适合生存的世界。

挤上车的人像登上了诺亚方舟，有闲心观察其他人。三号线先生通过男人的发型推理他们昨晚朝哪个方向侧卧入睡，通过女人的妆容细节猜测她们的年龄，以及是否欲求不满。他能看到眼屎、鼻毛和手机里的《Running Man》，闻到陈年的烟臭和韭菜饼的香气，听到身边小青年山寨铁三角耳机里漏出的五月天的歌声，下面还有只POLO公文包顶着他的小弟弟。所有人好像都在看着他，又好像所有人都只顾着看他们自己。

车子到了虹口足球场换乘八号线，门刚开，抢在其他乘客组成的黑火药把他射出来之前，三号线先生身体重心后仰，灵巧转身的同时迈出侧滑步，朝最近的自动扶梯走去。一路上，他开始搜索最优化的路线，在茫茫人海中穿梭前进，并且注意前面又有哪个孙子走路跟散步一样。

天天如此。

曾几何时，三号线先生也有心肠不那么冷酷的时光。有一次，他在人民广场换乘二号线，人民广场站无愧于自己的名号，People's Square，到处都是people，只有站在这里你才能感受到什么叫人民战争的汪洋大海。瘦削如三号线先生也没能挤上那班二号线，手忙脚乱之中，倒是车上有个人的便当包在关门前的一瞬间被挤了下来，掉在他脚边。

三号线先生久混地铁，见过把自家孩子挤出去的情况 那只需要叫工作人员即可。但这个便当包叫他犯了难，谁会为一份自带午餐而向工作人员求助呢？难道让他们在下一站广播说哪位乘客的糖醋小排骨和炒蔬菜掉在人民广场了，请到服务台认领？他拿着这份掉下来的免费午餐，看看其他上班族，其他上班族也看看他，都是一脸不知所措的表情。

三号线先生做了个重要的决定，留在原地等两班车的时间，也就是六分钟，失主不来就走人。可哪个吃货会为一个便当再返回人山人海的人民广场、第二次玩命挤上车呢？

有，我们的八号线小姐。

后来三号线先生说，当时他真没想到世界上还真有这样的人，挤地铁挤掉了便当包，然后为了几块糖醋排骨再折回人民广场。
八号线小姐说我下车折回来的时候也没想到还真有你这样的雷锋，居然守着，太可爱了，我以为最多就是谁帮我放在车门边上。
三号线先生说歇了吧，就人民广场那牛羚迁徙的场面 你的午饭放地上早给踩成奥利奥了。
八号线小姐：说！是不是其实在那电光石火的一瞬间 你在车门外面发现掉了便当的是个大美女？！
三号线先生：哈哈哈恍恍惚惚红红火火何厚铧。

坠入爱河之后，三号线先生每天都提早十五分钟起床，这样他就能在足球场站某个约定好的车门上车。八号线小姐总是站在车厢角落里等他上来，便当包则比以前多了一份带给男友的早点。

三号线先生每次总是很努力地朝心上人挤过去，引得一片怨声载道。偶尔遇上车厢不是很挤的时候，他会佯装素不相识的乘客，先在别的地方站一会儿，瞟几眼八号线小姐，忽然走过去，帮她掸掉外套领子上一小撮飘絮，说，小姐，你哪站下啊？总能骗得几个乘客看得目瞪口呆。

在人民广场，三号线先生和她一起下车，总是手牵着手走过八换二那冗长拥挤的换乘走廊，步行速度刚好是以后三号线先生会轻轻提醒的那种，也不至于太慢，上班路上的情侣是没有资格徜徉的。坐自动扶梯时，八号线小姐教他靠右站立，三号线先生会俯身去嗅女友的头发。在二号线站台上，他帮女友挤上车，并确保便当包不会被挤下来。

有时他和她隔着车窗玻璃对望一会儿，用眼神打哑谜。直到车子开走了，他再走回八号线那边继续自己的上班路途，而且是傻笑着站在车厢一角，好像八号线小姐还在自己眼前似的。

那时，她就是他的正义。而那款游戏的雏形，也是这个时候进入了三号线先生的脑洞。

彼时正流行跑酷游戏，什么神庙逃亡、地铁跑酷之类。三号线先生就想，有没有那么一款游戏是关于早高峰时奔波换乘的呢？比如，主角上班快迟到了，必须于倒计时之内，在若干条地铁之间换乘和奔跑，部分设计有点类似神庙逃亡，只是原本在身后追击的猴子换成了腿脚利索的地铁丐帮，他们一边唱着"只要人人都献出一点爱"，一边追着你要钱。

和普通跑酷游戏不同，游戏人物还要用有限的体力撞开挡在前面的上班族，每撞开五个上班族就能增加一小格经验值。经验槽满了，就可以随手拿起垃圾桶或者熊孩子在人山人海里砸出一条路。其他道具还有鸡蛋灌饼（补充体力）、安检机器人（可以拖延其他人的速度十秒钟）。假如撞开一个逃票者（速度比普通上班族快，行动路线多变），就增加一个星星，星星是种特殊体力值，让你有神力可以挤进车厢。游戏有三种Game Over的方式：体力耗尽、时间用完、在人群里撞到老年乘客。

游戏的名字就叫《地铁武士：换乘游戏》。三号线先生越想越High，觉得车厢里可以有个奖励关卡，详情可以参考日本游戏某车之狼。不过这个想法被八号线小姐毙掉了。

恋爱谈到第三个月，他们开了房，上了床。连锁酒店就在三号线轻轨赤峰路站边上，窗外的列车隆隆驶进悬空的车站　窗内的三号线驶进八号线。

八号线小姐坦承自己不是第一次，三号线先生假装自己不是第一次。可那有什么关系呢？这是大都市里最常见不过的情况，又不是在写校园言情故事。

三号线先生靠着枕头搂着女友，回忆他在魔都第一次坐地铁，那是他第一次见识到人类工业的冷酷与发达。

他见过一大清早坐地铁去上学的孩子，大概也就六年级的样子，戴着眼镜，宠辱不惊地玩着三星手机里的游戏，神态和那群上班族一样麻木。他想起自己这样在小镇出生的孩子，为了上个稍微像样点的高中，天微亮就要骑车翻山越岭一个钟头去县城，每次到学校都亢奋得像赢了一场汽车拉力赛。

还有他大学时第一次遇到有人在地铁里跳站台自杀，车子在黑暗的隧道里停了半个多小时。在他老家，若想卧轨，要在山那头的铁道上等个大半天，等得要睡着了才能迎来死神。跳站台那哥们只需要等三分钟不到，就是死也能死得那么快捷便利，那么有现代感。

三号线先生想不到，这次是仅有的缠绵了。又过了一个月，八号线小姐的单位搬去了浦东，两个人的上班路线分别朝两个方向。

三号线先生由此准备了一套复杂的换乘计划，这样能送女友上班后还有时间保证自己不迟到。八号线小姐说不用啦，她本来就有驾照，家里打算给她买一辆车，早上直接走过江隧道就能去单位，更快更方便。

地面交通是三号线先生的软肋，甚至叫他惶恐。他既不熟悉公交车路线，坐出租车的费用也令人咋舌。他记得曾有一次八号线小姐身体不舒服但必须要上班，他打车去接她，一路上安抚女友，一边心脏跟着计价器跳动。车费是坐地铁的十倍，他拿回找零时心不在焉，后面过来的骑车人差点撞到忽然打开的车门上。

八号线小姐成了有车族，这成了两个人感情线的换乘点。

恋爱仍在继续，但三号线先生能感觉到列车正逐渐减速。说来心酸，早高峰居然曾是他们最稳定的约会时间，因为她和他经常要加班到很晚。周末呢，她会和中学同学大学同学去附近自驾游，而他还要加班。

偶尔也有浪漫的闲暇约会，是去浦东哪个地方听久石让音乐会。票子是八号线小姐的朋友送的，车子是她开的，但不熟悉路线，怎么开都觉得不对。副驾驶座上的三号线先生是部活的地铁导航仪，但对地面则一无所知，此刻显得无能又无辜。八号线小姐只好说你拿着我手机开导航吧。看地图总会的，三号线先生的业余爱好之一就是研究最新的地铁路线图。在车库停车的时候，毫无经验的三号线先生又不知道怎么站在车外面指挥女友把车子倒进去，前前后后花了很长时间。

音乐会迟到了。坐到座位上的八号线小姐一声叹息。那一晚之后，他明白有什么东西已经完全变了，只是之前自己不愿意接受现实。

"你其实是个很有趣的人。"若干个星期之后,八号线小姐对他说道,其中大半的褒扬大概是送给那款不会被开发出来的游戏。

原来好人卡已经不流行了。三号线先生想。

他们是在地铁站的全家便利店里分的手,有始有终。然后她走上地面,他往地下更深处走去。

再后来,三号线先生一直没谈恋爱。他仍旧每天在足球场换八号线,换乘时走路飞快,神情严峻,乘自动扶梯总是靠左行走,似乎不想让自己的身影在车站里多待一秒钟。

他经常产生想象,会不会有一天,他走进八号线车厢,看到八号线小姐站在车厢一角,提着便当包。

他经常撕破想象,魔都在中国地图上是那么小一个点,但对两千四百万人来说,拥挤,却又庞大。只要两个人的生活轨迹出现一点偏差,就会产生第二宇宙速度,脱离的速度。

三号线先生最好的浪漫,就是以这种速度慢慢抽丝扒走了。他最好的激情,也终将被城市的地铁挤干。就像《地铁武士》永远不会被开发出来,但永远会上演着真人版,无数次,每一天。

三号线先生想好了游戏结束时的CG动画场景,完全以自己的真实遭遇为原型——

地铁武士结束了一天的工作,时间很晚了,那班地铁很空,他只坐一站,懒得往里走,就在门口低头看手机。没想到他站的位置没有算好,车厢门关闭时,正好将脑门前的刘海夹住了。车门系统丝毫未察觉异常,列车启动。其他乘客也没觉得这个人哪里不对，只是一直把头靠着车门而已。谁也看不到地铁武士那时的表情。

忙碌的人没有表情。

在这地下奔突的巨大机器里，武士曾见过幼年时的自己会难以置信的事：

他见过重口味的女乘客坐在椅子上一边抠脚一边闻。

他见过逃票的父亲扔下女儿独自逃出保安的包围。

他见过清晨大声朗诵阿波里奈尔的少女，他见过傍晚喝醉了一吐为快的大叔。

他见过因为低血糖忽然昏厥的乘客，拥挤的人群瞬间空出一个大圆，如摩西分开了红海。

他见过两个自带折叠椅的人，霸占车厢的轮椅区，坐而论道，纵横捭阖，格调高雅。

他见过世间最美丽的女子，在车厢最不起眼的角落里独自等待。

然而所有的这些时刻都将消失在时间里，就像我们每个人，终将消失在换乘站庞大的人流中一样。

出站的时刻，到了。

动物园 / linali

看山去 / linali

远方 / linali

南　山　南

文　马頔　音乐人　码字儿的　@马頔-麻油叶

我写过一首歌，叫《南山南》，常有人听完后说它太悲伤，接着问起，这首歌
里是不是有一个故事。我说，你听到这首歌的时候，它就已经和我无关了，你
掉的眼泪，才是只有你自己知道的故事。

每个人都是一座孤岛，独自在海上飘飘摇摇，当你看厌了沿途的风景，你一定
会遇到它，并在它南面的海岸上短暂停靠，有一瞬间，你自以为是地认为会和
它永远接壤，却想不到还有一天，你会再次起航。

01

小崔：那时候，如果她说天空是绿色的，我都会咒骂蓝色。

她在另一个城市对我说："在这边的几年，我一直在想，我们终归是太遥远
了，不光是距离。每天我都在害怕，害怕每个早安晚安和那些不必要的寒暄，
直到有一天我再也不敢看，也不敢去确认你的生活里全部都是我了，因为我的
未来里好像已经没有你了。我想要的是一个能陪着我并肩而行的人，不是一直
在后面追着我却让我一直遥不可及的你。我们分手吧，不要再联系了。"

我不知道怎么解释当时的心情，也没想过她会对我说这些，好像一直以来我的
坚持都像个玩笑，所有人听得聚精会神，可一笑了之以后，就各自走出了这场
游戏，只留下一个讲故事的我在原地自言自语。

过了很多年，我们已经不再那么遥远了，她再联系我，是邀请我参加她的婚
礼。我没去，一个人回了母校。那一年见证我们第一次阴差阳错牵手的操场，
已经杂草丛生，荒废了很久的教学楼被一家公司买下来改成了仓库，回忆也像

堆放在里边的货物一样，蒙上了灰尘。我走到那棵树下，挖出了小时候我们一起埋下的许愿瓶，两张字条上分别写着——

她：今生非你不嫁。
我：要她一辈子幸福。

02

小陌：人生有太多遗憾，我最遗憾的就是没明明白白对她说一句"我爱你"。

大三那年，我接到她妈妈的电话："你是×××吗？我是杨××的妈妈，总听我女儿提起你，她病了，阿姨能求求你来医院看看她吗？"

我无数次幻想再见到她时的场景，可没想到是在病旁。她的脸上没有一点血色，七月的天气头上还戴着帽子。她说："不认识我了？不会是还怪我那时候的不辞而别吧？别那么小气，其实毕业之前我就病了，只是不想告诉你。前几天才转院到这儿，听说你也在，挺想你的，总跟妈妈提起你，没想到她还真找到你了。"她拿出一个小包递到我手里，"那年问你，你说喜欢我的头发，刚开始化疗的时候我死活都要留一束，今天终于能给你了，做个纪念吧。"我的脑子像炸了一样，沉默了很久。我忘了我们还说过什么，只记得她最后说："如果有时间再来看我吧，如果我还有'时间'的话。"

离开的时候，她妈妈一直重复着感谢我，还说三年了，她今天笑得最多……回去后，我打开她给我的小包，里面除了一束头发，还有十七岁的时候我送她的那条头绳。那之后我再也没去看过她，我害怕再看见她，也怕再也看不见她。我把那条头绳做成了手链，戴到了现在，心里也一直没放下。在最错的时间遇到了一个差一点就对了的人，可能这才是最单纯也最忘不了的爱情吧，只是现在，两个人的愿望只能靠我一个人实现了。

那天我走出医院，也走回了这场生活，才发现这个城市里好像从来没有过星星，只有闪耀的路灯。

老郭：我们大学相识，她不觉得我帅，我也不觉得她有多漂亮，只是很多瞬间让我们开始相信彼此就是对方的绝无仅有。

那年我们一起来到北京，在五环边上租了一间十平米的隔间，生活贫苦但很幸福。每天我们一起买菜做饭，一起打扫房间，一起设想多年后在北京拥有一套属于我们的房子。有时候我会弹琴给她听，她总是用略带倦意的眼神看着我，满是笑意，直到午夜降临我们相拥而睡，就像在预习着十年后我们在一起的日子。

在那片屋檐下，我们度过了最快乐的一年，一年之后，我离开了。那年我爸去世，本来身体很好却一夜之间输给了中风，留下了我妈一个人。他们就我一个孩子，我爸已经走了，家里只剩下我一个男人，我没有能力把我妈接到北京，唯一的办法就是我回家。那年，我离开了北京，还没看到希望的生活就被现实抹去了前路，留下了她一个人。她说，她不恨我。

回家后，我找到了一份稳定而乏味的工作，在当地算是不错了。我妈的精神状况好了不少，只是还在经常叨念着我爸生前的事，说着说着自己就哭起来。发第一个月工资的那天，我偷偷回了次北京，到每天接她下班的楼下坐了很久。我没去见她，留下了两千块钱让朋友带给她，刚来北京的时候我答应她每个月发工资除了寄去家里的，剩下的都归她管，现在自己拿着钱，反倒不知道该怎么花了，想来想去，还是留给她吧。

杜×：我们在一起十三年，还是没能走到最后。

高中毕业我名落孙山，父母对我失望至极，把所有希望和疼爱都给了弟弟，我一个人离开家去了很远的地方上学。那时候，她每个月都省吃俭用，攒下钱坐一夜火车来看我，我从来不以为然，就连她每一次走，都没送到过车站，继续荒唐着自暴自弃，消磨在游戏和与各种姑娘的暧昧之间。

突然有一阵子她没来看我，后来我才知道她怀孕了，一个人去做了人流手术，堕胎后大病了一场，其间竟一直没有收到过我的电话和消息。那时候她开始对我心灰意冷，提出分手，决定听从家里安排，和一个大她很多的男人结婚。那一天，我才知道自己即将失去的是什么，我不顾一切地来到她身边，跪在她面前，哭得像个孩子，求她别离开我。她也哭了，含着眼泪却笑着说：我们不分开了，以后我们要好好的。

毕业两年后，我们结婚了，我和朋友合伙开了一家什么都做的公司，虽说没什么钱，但终归是稳定了下来。一天一天地忙着，但原本平凡的生活却不再平淡了。工作之外的应酬多了，回家的时间少了。她每天都会在家做好饭等我，只是经常热了一遍又一遍，最后还是倒掉。

每天应该温馨的时刻，却渐渐演变成了无休止的争吵。她受不了我常常到半夜才烂醉如泥地回家，尽管她知道我是为了家。我对她的关心和唠叨也越来越不耐烦，尽管我知道她是因为爱我。

在第十三年的时候，我们还是离婚了，那天她为我们做了最后一桌饭，两个人安静地吃完，在阳台上抱着哭了很久。这是我们第三次抱在一起哭，上一次，她还穿着婚纱，我穿着礼服，在我们婚礼那天。

原来十三年，是我们的失散年。

舒瑛：他总是快我一步，我长大那天，他就走了。

六十多年前，我是一家大户的千金小姐，他是我家的长工。很小的时候因为年龄相仿，只要干完活，家里就允许他陪我玩儿。他处处让着我，但能感觉到，并不是因为地位。直到我十三岁，他突然开始疏远我，碰到面也对我毕恭毕敬，后来才知道是家里觉得有伤风化，刻意这样安排。为此我和家里大吵了一架，那个年代从没人敢忤逆家族的意思，我被关了整整一个月。他知道后，会偷偷来看我，隔着门陪我说话，说着院墙外的世界。

不知道从什么时候开始我对他有了情愫，因为家里干涉，每次要等很久才能在祠堂后面的谷堆旁偷偷见一面。那一刻，我不是小姐，他也不是长工，只有两个爱人。

十六岁，那年兵荒马乱，我带着一只平时吃饭用的银碗，他带着我，一起逃出了家门，再也没有回去。次年，我给他生下了一个女儿。从小娇生惯养，我什么都不会做，虽然当了母亲但也还是个孩子，全靠他一个人在码头干活养家。他总说对不起我，不该带我出来受苦，我说：没关系，有他和孩子就够了，我不后悔。后来他也就没再提过，只是每天起得越来越早了。

好日子没几年，"文化大革命"来了。有人检举说我家成分有问题，那天是他第一次对我发火，一边骂着我一边和红卫兵扭打在一起，最后被绑着带走。我在批斗现场看见他，鼻青脸肿地跪在地上，深深低着头，脖子上挂着地主恶霸的牌子。原来他全交代了，只是故意弄反了地位，说我才是他家的长工，和我脱离了关系。三个月后，他从牛棚回到家，落下了严重的胃病。

很多年后，他因为胃癌，先我一步走了，一句话也没留下。我当时真想跟着他一起死了算了，可看着刚我腰那么高的小儿子，才突然发觉我该长大了，不再是当年的那个大小姐，因为一直把我当小姑娘的那个人已经不在了。他用一辈子撑起了这个家，也伺候了我一辈子，临终前都没抱怨过一句。

后来，我经常做一个梦，那时候我们都还年轻，每天我在家门口等他，他手里总是拿着我最爱吃的糕点，一脸憨笑。

——我们都曾经幻想过很多种爱情，那是那个年纪里最丰盛的晚宴，每个人都在自己绘出的布景里以梦的方式欢笑着，推杯换盏，继续奢望着谁都不曾离去，也不会离去。

可笑的是，没有人教过我们如何面对分别。宴会散场，梦醒的时候我们已是酩酊大醉，甚至不曾挤出一个微笑，还来不及告别，就这么长大了。我们开始每天在长夜里奔跑，只为在天亮前筋疲力尽，逃避天明时充满光亮的生活，做上一场第一次遇见她/他的梦。

后来的几年，我们会假装很好，假装不高兴，假装谁都没走。山南海北地留下脚印，在某个景色驻足良久，长长地叹出一口气不言不语，回忆起所有的画面，再一一说出再见。我们终于学会了道别，却不再说情话，只说谎。

南山南，北秋悲，南山有谷堆；南风喃，北海北，北海有墓碑。
——《南山南》

失 乐 人

文 ／ 方慧 90后作者 编剧 @方慧

一切都是因为那场约会。

那天，我坐在我喜欢的男人面前，因为他的一句自嘲而笑得眼泪横飞，一转身，从餐厅窗玻璃中看到自己快乐的脸，吓了一跳，我就知道大事不好了。果然，当天夜里我辗转难眠，被愧疚和自责压得无法呼吸。这种感觉并不陌生，自妹妹死后，它如影随形地纠缠了我好一阵子，每当快乐探头探脑，它就猛击我一下，将我拉至谷底。

其实是可以避免的——如果我没有赴约，而是像往常一样上班、下班、睡觉，什么热闹也不去凑，什么乐子也不去沾，继续过我苦闷而心安的日子，就不会出现这样的情况了。因此第二天，在公司走廊，当我喜欢的男人面带着微笑，向我迎面走来，我立刻把脸别了过去，掉头走开了。在转弯处，我眼睛的余光瞥到，他正茫然地站在原地发愣，似乎在检讨自己做错了什么。我一阵心酸，胸口揪痛了一下，但很快，又因为这阵揪痛而感到一种解脱的轻松。

自从妹妹死后，我就频繁地在内疚和解脱这两种情绪之间摇摆，身不由己，苦不堪言。年幼的妹妹，是在与我逛商场的时候起了争执，跑丢了，等被发现的时候，已经被斜坡电梯上急速滑下的装满饮料的小推车撞死了。在一段时间昏天黑地的自责和痛苦后，我想，我这辈子肯定都会在痛苦中度过，体会不到任何快乐了。

但"好景"不长，一个月后，在学校里，我就因为同桌分享的一口抹茶冰淇淋，而感到无比满足、开心，又在跟随全校外出春游时，因为美景而感到神清气爽，甚至涌起一种幸福感。我震惊不已，妹妹死得那么惨，而我却这么快就开心起来了。回到家里，我把自己关到妹妹的房间里，扇了自己两巴掌，为自己的没心没肺羞愧不已。

父母看到我为妹妹的事这么难过，体贴也开导我："不要太伤心了，妹妹肯定也希望你快点好起来。"他们久久地守在门口，陪我一起哭，等我哭够了走出房门，才肯吃饭。看着他们心疼的目光，我想，也许我该振作起来，这才是对他们最大的安慰吧。

那时我还勉强算是孩子，忘性大，心里那片阴影慢慢开始褪色。中学毕业典礼那天，在老师的要求下，所有同学穿戴整齐，梳洗利落，艺术委员甚至还为女生们涂上了唇彩。我们去操场上看节目，听老师发表感言，之后，三三两两地合影，在摄影师的指挥下调整位置、姿势。这时候，一个擅长模仿的男同学声情并茂地讲了一个笑话，立刻引起所有人的哄笑，我也不例外，而且由于笑点一贯很低，我是笑声和动作幅度都最大的一个，这一幕恰好被摄影师拍了下来。

那张合照，因为抓拍角度巧妙，天蓝草绿，校服鲜艳，笑靥如云，可看性较高，很快成为校刊中毕业报道的插图，随后又作为学校招生的广告素材，印在市区居民报的广告页上，塞进家家户户的邮箱里。我看了一眼，众多照片，众多同学的脸，我的笑容是最显眼的，龇牙咧嘴，眼睛就快要眯成一条缝，相信任何人看了，都会被这种不掺杂质的快乐所感染。

但问题就出在这里。报纸被妈妈看见了，她没有说什么，只是把报纸放回了邮箱，表情尴尬，能看出有些不快，也许她自己也对那种奇怪的情绪感到困惑吧。随后，在学校填志愿那天，她这种模糊的情绪才渐渐水落石出。

两位家长坐在我们身后窃窃私语，认出我就是广告上那个妹妹才死不久就笑得特别开心的姐姐，随后他们又表示体谅，转述老师对我的评价——"她确实有些没心没肺，孩子嘛，也难怪"。这无疑是雪上加霜，我很确定妈妈也听到了，她的脸颊在轻微地抽搐，全程没有搭理我，回到家后，趴在床上哭起来。

而那之后，才真正是噩梦人生的开始。每次逢年过节，妈妈会在一切正常进行时，突然放下碗筷，叹气道："如果小妹也在就好了。"我如果安慰她别难过了，她就会冷冷地说："你知道什么难过不难过。"而平时我走在路上，如果不小心当众笑了，立刻会感觉到身后传来的窃窃私语。

我渐渐明白，当我为妹妹的事而愧疚、难过、痛不欲生时，所有人都会站在我这边，心疼我，安慰我，即使妹妹是我害死的，也是可以原谅的，但我一旦开心起来，那是所有人都不允许的。

"今天早上看见你了。"在公司里，我喜欢的男人发微信说。显然，他是抱着一丝侥幸：可能早上我只是没有注意到他呢。
"知道。"但我冷冰冰地回道，"所以呢？"
"没什么。"他悻悻地说。之后，就没再发什么了。
我松了口气，总算过了这一劫。

中学以后，在长久的催眠和训练下，我变得胆小、懦弱，对快乐警惕万分，在我的潜意识里，只有对妹妹无尽的愧疚和痛苦才是正确的。我开始有意识地和一切取乐方式保持距离，不再去最喜欢的餐厅吃东西，不再逛商场给自己买漂亮的衣服、喜欢的时尚单品，不打扮，不参加各种同学聚会，也不接触异性。很快，我步入社会，开始工作，依然警惕地保持着这些习惯，渐渐成为一个孤僻、郁郁寡欢的成年人，生活在一种暗灰偏冷的色调里。这非但没有让我觉得苦闷、憋屈，反而让我无比安心。

但这次约会还是破坏了一切。原本，仅仅是同事间的感谢餐，感谢我顺手帮他的一个小忙，怎么就发展成男女间的约会了呢？又是怎么在自己脸上，发出了那样面色潮红、high得难以自持的笑容？

"我发现你留的刘海好萌啊，特别适合你。"又一次，在茶水间擦身而过，他突然对我说了一句。我马上伸手去碰刘海，看着他的背影，反复摩挲，不知不觉间嘴角迸出一丝偷笑。不过很快，我就缓过神来，意识到自己在做什么，但是已经来不及了，我根本没来得及防范，快乐就已经发生了。

事情远远没有结束，爱情的火苗一旦蹿起，就很难再掐灭。

他开始频频与我"偶遇"，投以欲言又止的一瞥，或者，一个饱含深意的微笑。生日时，我收到过他的礼物，那是我最喜欢的一个歌星的演唱会门票，本身就一票难求，他却抢到了最好的位子，也许花了不少心思。还有几次，我忘了吃早餐，跟别的同事抱怨了一句，他立刻消失在晨光中，再回来时，我的桌子上就多了一块加热好的三明治、一小瓶酸奶。更可怕的是，每当这时我并没有心生排斥，或是不屑一顾，而是每次都不由自主地漾起一阵阵甜蜜的心颤，一点一点沉沦进去。

快乐虎视眈眈，无孔不入，但我毫无反抗之力。

妹妹因为我而死得那样惨，时隔几年，我就已经沉浸在爱情的甜蜜里了，想到这里，我简直想杀了自己。我恨自己没有一个亲姐姐该有的样子，对妹妹的不幸长久地感同身受，永远沉浸在悲伤里。如果死后的妹妹有意识，肯定会为这个姐姐感到心寒吧。为什么我那么不争气，不能保持住我的痛苦呢？

我只好细致入微地，回想妹妹死去那天发生的所有事情，回想我们是怎么在商场里，因为攻击对方喜欢的歌星而开始争执，妹妹又是怎么牙尖嘴利地，用最刻薄的字眼把我的软肋吐槽了个遍，例如我满脸青春痘，任何人吃饭的时候看到我的脸，都会咽不下去，例如我在恋爱中，永远是被甩的那一个。而我，在那一刻又是怎么真真切切地恨不得一巴掌把她拍死，怎么把她远远丢在身后，气呼呼地跑去IT店里试穿衣服消气，等我走出来，外面已经恍如隔世，再见到的就已经不是活着的妹妹了。想到这里，我终于满脸泪水，心如刀绞，巨大的悲痛又顺着熟悉的路径回来了。为了将它保持得更久一点，我一遍又一遍地，强迫自己再细致一点，温习那天发生的所有细节，反复咀嚼自己说过的每一句恶意的、凶狠的话。于是那一天，在一次次的重演下，我看到的，从头到尾全是我对妹妹的伤害、诅咒和刻意丢弃，甚至，连平时对她的种种有意或无意的不好，也都通通填塞进那天里去了，而妹妹的刻薄、尖锐，我竟一点儿也不记得了。

内疚一次次鞭打着我的心。我把自己关在家里好几天，捶打自己，连续挨饿，不睡觉，只是不停地哭，不停地哭，用各种细碎而磨人的方式折腾自己，以此惩罚自己的罪过。我知道，妹妹一定在以某种我不知道的方式，关注着这一切。她会感受到我的痛苦，感受到我每一滴眼泪的温度，每一次拳打的闷痛。想到这里，我的心底终于感到一丝安慰。

我撕了喜欢的人送我的演唱会门票，也删除了他所有的联系方式，我下定决心，远离这个人，远离爱情的危险。在持续的冷脸以对之下，他费解，迷茫，最终崩溃地松开了扳着我肩膀的寻求答案的手。

"一直都是我的错觉吗？"后来有一天，他把我请到公司附近的酒吧，希望把一些事情问清楚。
"是的，一切都是你想多了。"我面无表情，漫不经心地喝面前的水果酒。说这句话的时候，我的心又因为对他涌起愧疚而揪痛起来，虽然，这种剂量的愧疚相较于对妹妹的愧疚来说，根本不值一提，但还是充当了解药的作用，缓解了后者之痛。
"那好吧，我不纠缠你了。"他垂头丧气，开始灌自己酒，过了一会儿，他又说，"但是，你能答应我一件事吗？"
"什么事？"

"你能开心起来吗？"他盯着我，恨不得把我吸进眼眶里，"每次看到你愁容满面，我都很心痛。其实没有什么是过不去的，真正爱你的人，就希望你每一秒钟都开心。"

"是吗？"我喃喃自语。

也许因为喝了酒，或者是酒吧里晃眼的灯光，我有种眩晕的感觉。我看着他的眼睛，感觉自己再一次一点点沉沦其中。他就坐在离我很近的地方，差一点点，我就亲到他了。

"能答应我吗？"他再次问，好像真的是在等待一个答案，而我只是晕晕乎乎地盯着他的嘴唇。

在他的注视里，我迟钝地点点头，也许是酒精的作用，一切都在渐渐模糊，褪色，被我抛到了脑后，或者根本是因为，我知道自己已经有些醉了，即使干了什么，应该也不算是故意的吧，所以，没怎么犹豫，我亲了上去。

接着，我跟在他身后，回到他的家里。黑暗中，我们彼此探索，不敢挪身去开灯，似乎都生怕把梦惊醒了。他没有多问什么，只顾紧紧抱着我，亲吻我，好像酝酿了太久，而我也心急起来，伸手去剥他的衣服。我们各自急迫而忧心忡忡地赶着时间，去逼近那个快乐的顶点，仿佛守着倒计时。很快，它就要到了，我们都因兴奋而颤抖起来，但是，就在这个时候，我突然被这高浓度的快乐吓坏了，泪马上就醒了。我睁开眼睛，瞪着天花板发愣，接着，更可怕的事情发生了。

黑暗中，我隐隐看到天花板上，有几张人脸，仔细辨认后，发现全是妹妹的脸，而且，是她死时的样子，瞪着眼睛，表情惊愕，嘴角隐约有些血。不仅如此，这些脸的数量正迅速增多，轮廓也越来越清晰，每一双眼睛，都在默默看着我，看着这一切。我惊叫了一声，猛然把他推开。

我开始明白，妹妹的死，带给我最坏的东西，并不是痛苦，而是让我渐渐失去了快乐的能力。在长久的自我约束下，应付痛苦，我已经得心应手；而应对快乐，我总是束手无策，只能任凭紧随其后汹涌万倍的痛苦把我吞没。

那天以后，我们各自回到没有对方的生活。没有了爱情，我又是那个孤僻的、郁郁寡欢的人，生活也回到我所熟悉的、黯淡的冷色调里，但是，这非但没有让我觉得苦闷、憋屈，反而让我无比安心。

不久以后，我就选择了一个，曾经对我表达过好感的异性朋友。

他比我年长几岁，样貌、经济条件都可算是中等，性格方面并没有足够吸引人的地方，在过去几年，曾经做过一阵有一搭没一搭的朋友，只是记得他爱早起，爱锻炼身体，爱制定计划并雷厉风行地执行，对生活怀有热气腾腾的希望，让人想起小时候听到的一种比喻，"早晨八九点钟的太阳"。我不讨厌他，也不怎么喜欢他，我只是觉得他还好、还可以而已。如果能够暂时逃避那场爱情的灾难，这个选择也不是不可以。

我们开始尝试着交往。我发现，他是一个比看上去还要积极、热血的人，哪怕是在谈恋爱这件事上。他买了很多情侣装、情侣杯、情侣鞋，连袜子，也是情侣的。他在日历上标记未来一年的每一个节日、休息日，甚至交往一百天纪念日、两百天纪念日、一周年纪念日，然后计划好几个庆祝方案，以备候选。面对他的积极，我并无感觉，只是不咸不淡地配合着，心里想着，也许那些纪念日根本就撑不到吧。

但不久后，他在商场里，煞有介事地准备了一场惊动了几千人的求婚，甚至说服了我的父母。在众人的围观下，他激动得脸颊通红，眼里闪出亢奋的泪光，或许被自己感动得不轻。这个时候，我猛然发现了他最大的优点，那就是，这个人永远不会使我产生爱情，也永远不会使我陷入快乐的泥沼。

我答应了。

我喜欢的人来找过我，百般劝阻。"你真的想好了吗？"他问。"想好了。"我说。他的劝阻，只会坚定我要逃离他的决心，加速我下决定而已。

婚后，我想我终于解脱了，嫁给一个不喜欢的人，还有什么比这更不幸呢？我一天一天潦草度日，不再配合丈夫那些过剩的热情，把日子渐渐过成那些起球的情侣袜、褪色的情侣装，一切尘埃落定，我不再对快乐抱任何希望和期待。我想，对于妹妹的死，我终于不用自责了，即使她是被我咒死的，或是因被我丢弃而死，无论她死前多么惨烈、可怜，我过得也没有好到哪里去，还因此搭上了一生。没有人可以责怪我了，包括我自己。一天天过去，我心如止水，睡眠踏实，很少再想起妹妹。

从这一点考虑，婚姻，简直成了我的最佳保护伞。

而丈夫却和我相反，婚后他的热情并没有减退半分，反而暴露了他对幸福生活汹涌澎湃的期待和热情。他踌躇满志，摩拳擦掌，做足心理准备，要开展他甜腻、滚烫似火的婚姻生活。我们的生活被他二十四小时秀在朋友圈里，一个甜筒，一顿情人节大餐，一枝玫瑰，甚至一个早晨的吻，纷纷被他加上粉色心形边框，配上鸡血冲天的幸福生活箴言。

而这些行为，只会让我越来越对他无感，甚至厌烦。我在想，如果换成我喜欢的人，这些也许真是甜蜜的，顶多是让人宽容发笑的犯傻，那样反倒麻烦；但换成不喜欢的人，这就是发蠢和恶心，事情就好解决多了。我毫不留情地拒绝他接吻自拍的要求，推开他的玫瑰，对他所亢奋的一切表达无感，然后继续回到我黯淡的、冷色调的世界里。

"不要扫兴啦。"看着我郁郁寡欢的脸，丈夫都会这样说。如果我继续不买账，他就变出一个新鲜玩意儿，一个新奇的玩具，或是一盒永生花。接着，他就会在朋友圈写下我生气然后"被他的小礼物哄好"的甜蜜小趣事。而我还是不买账，他也就不再管了，自顾微笑着去回复那条状态下的评论。

我开始怀疑，丈夫做的所有事情并不是因为爱我，而是我，成了他实现幸福生活愿望的工具，他爱的也仅仅是幸福生活这个概念本身吧。正因为这样，所以当他看到我不开心时，也只是强调不要扫兴，不要扫他的兴。

随着时间推移，丈夫也开始暴露他烦躁、歇斯底里的一面，如果我总是对他爱理不理，不配合他那些秀恩爱的戏码，他就会恼羞成怒，破口大骂起来，说我是神经病。

不久后，他就提出了离婚。

离婚的那一天，他抓住我的肩膀拼命摇晃。"都被你毁了！"他喊道，"从小到大，我的一切都很顺利，任何愿望都能完成，但是现在都被你毁了。"因为太激动，他没有留意我身后就是高高的石梯，继续使劲摇晃我，我根本没反应过来，就掉了下去。

等我醒过来，就已经在医院了。一个陌生的男人守着我。
"感觉怎么样？"他问。
"还可以。"我说，接着拼命回忆自己是怎么到这里来的。
"好久没见你了。"他又说。
"你是谁？"我一头雾水，看着眼前这个对我满脸关切的男人。
他什么也没说，就去叫了医生。接着，他们告诉我，我失忆了。

其实，我的脑子里也不是一片空白。我隐隐记得，自己身上发生过什么不好的事情，我只是想不起来那件事是什么而已。我也隐隐能感觉到眼前这个人，是可以信任的，甚至，有一种很近很近的感觉。具体的我都不记得了，但我并不急着去记起来，我有一种彻底解脱的感觉，就像新生，我浑身放松，甚至哼起了歌。

他笑了。"看到你这么开心真好啊。"他摸摸我的头。

"是吗？"我也笑起来。

在他的悉心照顾和陪伴下，过了不久，我就出院了。随后，在他的帮助下，我又回到工作单位，开始摸索着熟悉工作，熟悉同事和领导。我发现，每次看到他，我都有一种怦然心动的感觉，我分外享受和他在一起的每一分每一秒，而他对我似乎也一样。过了一段时间，我们就在一起了。

"我带你去喝一杯吧。"有一天下班，他神神秘秘地说，"公司旁边有一家酒吧我很喜欢。"
"好啊，就是上次我们去的那一家吧？"我脱口而出。

他盯着我，久久地沉默。周围的人都盯着我。我马上意识到出了问题，自摔倒到现在，他从来没有告诉过我酒吧的事情，是我自己有一天突然之间，什么都想起来了。

"你昨天提过了。"我头昏脑涨，慌忙地想要弥补些什么，"不对，前天吧，反正你好像无意中提过。"

他还是死死盯着我。我能感觉到自己在颤抖，我低着头，满脸通红，等着被撕破谎言，等着一切回到从前，我还是那个害死了妹妹，永远永远无法摆脱让人窒息的内疚，永世不得翻身的失乐人。我闭上眼睛，像是等待被宣判死刑。

"是呀，我昨晚都跟你说过了。"他突然笑着说。接着，他朝我走过来，拥抱我，"你当时已经快睡着啦，我还以为你没听到呢。"

In the forest / 伊安

一 只 住 在
十 七 楼 的 羊

文　陈麒凌　作家　@陈麒凌

那只羊，终于被很多人看见了。

晚间新闻的"随手拍"栏目，它被人用手机拍了段视频。在世纪城名都小区宏伟的楼群间，在瘦长而工整的草坪里，那只羊拴在一段铁栏杆上，昂着头看人。有个男孩用小棍子撩它，它反应敏捷，"咩"地叫一声，举起两只前蹄，竟直立着要扑过来，围观的人"哄"地散开。它依旧昂着头，嘴里嚼着草，傲然而立。

那是只灰黑色的小羊，骨肉匀称，按照羊的年龄该是个少年，头上刚长出两茬小尖角。它很珍爱这两茬小角，没人的时候，常常自己在空气里俯冲，有人的时候，它会忽然疯起来，竖着小角上蹿下跳佯作顶人。有时候也来真的，尤其钟爱小朋友，那次就把一个四岁小姑娘的腿肚子划破了皮，幸好当时是拴着的。小姑娘嗷嗷大哭，家长来找羊算账。张奶奶这才跑出来，护着她的羊。

张奶奶来自内蒙古呼伦贝尔市新巴尔虎右旗，蒙古族。她长得就像历史书里的铁木真，大脸盘，疏短的眉毛分得很开，双眼细长，带着些愣愣的神气。她瞅瞅小姑娘的腿肚子说："破了点皮儿，没啥事，用唾沫擦擦就好了。"小姑娘的家长不乐意了，吵嚷起来，说："要是破伤风狂犬病怎么办？这是小区公共绿化带，谁让你不把宠物管好？"看热闹的人多了，张奶奶害怕，就拉着羊往家走，一边还孤单地辩着："这是羊啊又不是狗，它天天都洗澡，它没病。"那只羊跟着她进了电梯，也跟人一样昂着头看数字键层层亮起来，后面进去的人都尽量贴着电梯壁站，只有张奶奶一个人说话："别害怕，它不顶人，它就爱和小孩玩。"电梯停在十七楼，张奶奶和她的羊到了。电梯里的人松口气，摇摇头说现在真是养什么宠物的都有。

他们错了，那只羊不是宠物，虽然张奶奶宠它。刚抱回来的时候给它冲奶粉喝，天天拉着它出去吃草吹风晒太阳，晚上拎着一桶温水在阳台上给它洗澡。用软刷子给它刷毛，要很小心地拈起掉在地上的碎毛；纸皮箱和旧报纸做的羊圈也天天扫，扫出来的羊屎严严实实地包上几层，单独装一个双层垃圾袋，不能过夜，马上拿到楼下扔进垃圾车里。即使这样，媳妇还是要和儿子吵："怕人家不知道你家几代都是牧民啊！你妈那么爱放羊怎么不回草原去呢？"吵下去便会说到做饭的老问题，媳妇是福建人，要吃米饭和精致的小菜，可张奶奶总是学不来，只会顿顿做馒头和面条，媳妇就不让她做饭，宁愿下班回来自己动手。

闲着帮不上忙，天天坐在家里看电视，这滋味不好受。张奶奶总求邻居们给她找份活儿干："扫大街的也行，带小孩的也行。"邻居都不当真。一是张奶奶的儿子在企业里多少是个中层领导，肯定不能让母亲扫大街；二是张奶奶都快七十了，人家还真不敢请。坐在家里白白等吃让她不安，有时候便故意在儿子面前嘀咕，有点试探的意思，"哎，我真没用，在你家啥也干不了，还是回草原去吧。"开始的时候儿子还耐心开导，次数多了儿子也烦了，再加上工作家务什么的也让人心情烦躁，有一次就说："那你回去吧。"

回去是不现实的，老家什么都没有了。前两年有个探矿队来打了十几口钻井，草场全被糟蹋了，老房子也好多年没修补过，冬天根本住不得人。当初收拾东西到南方城市跟大儿子住，就没打算再回去。更何况出来的时候多么风光，乡亲四邻看着都眼红，说张奶奶熬出头了，这些年的苦没白吃，总算把儿子培养成材了，以后可享大福了。

她不想回去，就不好意思再说那些话。也就是这时候，儿子忽然抱回一只小羊羔。儿子说是下乡路上捡的，媳妇却总疑心是他在哪儿买的，但不管怎么说，这是件让人高兴的事，张奶奶可有活儿干了。她非常熟练地给羊羔喂食，冲了奶粉用奶瓶喂，炒胡萝卜丝拌了鲜草丝喂，吃饱了又用泡泡海绵给它按摩，带它出去溜圈儿锻炼晒太阳，等儿子媳妇都上班了还给它放音乐，音量开得大大的，满屋都是凤凰传奇的歌声：风从草原来吹动我心怀，吹来我的爱这花香的海。

媳妇心情好的时候也会逗弄一下小羊羔，张奶奶很珍惜有了共同话题的这一刻。她说羊就说到草原上去了，就说到那时候自己养的七十只山羊五十只绵羊三十头奶牛，夏天烈日炎炎雨淋脖子浑身透，冬天爬水卧雪忍饥挨冻，春天休牧挨家挨户借钱买饲草料，那不肯借的人家说都没钱买草料了还供儿子念书干啥啊，她咬咬牙就是借三分利高利贷也要熬过去，也要供儿子读大学，就是要争那口气！这故事媳妇听过不下二十遍，渐渐烦了，连带对这只羊也厌烦了，因为它日渐长大，脾气和个性也跟着长。除了张奶奶谁也不让摸，又成天占据着阳台吃喝拉撒，那里本来是夫妻俩晚上喝功夫茶的地方。

张奶奶小心翼翼地寻思着儿媳可能爱听的话题，她说你们南方人吃过羊肉，但肯定没吃过古勒岱。果然媳妇很好奇，那是什么东西啊？张奶奶有点得意，那就得在咱们草原上吃，刚宰的羊，新鲜的羊杂切成小块满满地塞进油肠里，现做现煮，切成一片一片，蘸酱油，那美的，那好吃的！儿子在旁边猛点头，是挺好吃。媳妇说那可太不容易吃到了，谁还为这个特意跑一趟草原去？张奶奶望望儿子再望望媳妇，忽然豪迈起来，"吃！八月十五咱们杀羊！古勒岱，涮羊肉，手扒肉，烤羊腿——孩子们痛痛快快吃顿羊肉！"

那只刚长出两茬小角的羊，当它每天神气地吓唬小朋友，和各种哈士奇、贵宾犬在小区草坪上快活奔跑的时候，不知它如何看待自己。在成长的环境里从没见过别的羊，它是否会感觉到寂寞？它每天气定神闲等电梯的时候，是否会从锃亮的电梯门里照见自己？它是否会明白，它不是人，也不是宠物？

保安提过意见，说羊不能吃绿化带的草。张奶奶赶紧拉着羊换个地方，一边有点笨拙地讨好保安："羊小，吃不了多少。八月十五就杀了吃肉，到时候请你喝碗汤。"那只羊一定没听懂他们说什么，它还是紧紧跟着张奶奶，挨着她，蹭着她，无比地忠诚和信赖。她把它拴在栏杆上回家吃饭，再出来的时候，那只羊老远就会跳跃，要奔向她的样子，好像幼儿园的孩子看见来接自己的妈妈。

有意见的人渐渐多起来，张奶奶的儿子几乎每天都会收到匿名彩信：那只羊的照片，旁边写着"羊吃绿化草"；一堆屎的照片，旁边写着"羊拉了"。关于吓着了孩子的投诉直接找到家里来，媳妇尴尬地向人家赔不是，眼神斜过来，张奶奶抓起一个塑料衣架打羊，"让你淘气，看我不抽你，我抽死你！"媳妇好声好气地把投诉的人送走，说："快了快了，八月十五就杀。"张奶奶也在后面喊："到时候过来喝碗汤噢。"晚上给羊洗完澡，擦干了，张奶奶默默戴上老花镜，借着阳台上微弱的亮光，看看打过的地方有没有伤。那只羊偶尔叫一两声，不知什么意思。世界上没有几只羊像它住得这么高吧，十七楼的阳台外，能看到许多灯火。

然而这回不一样，那只羊上了晚间新闻，物业公司不能再坐视不管。几番谈判交涉都是儿子出面的，没让张奶奶去，她只会说"孩子好几年没痛痛快快吃顿羊肉了""到时候请你喝碗汤"的话，说这些帮不上什么忙。

谈判结果是，羊可以养到八月十五，或者关在自己屋里养，或者带到小区外面养，但绝对不能再出现在小区花园里，尤其不能再吃一根绿化带的草，否则一根罚一百。

这以后，小区里就很难见到那只羊了。

每天早上，像所有上班的人一样，张奶奶走出小区大门，一手牵羊一手拿着小凳子，保安会跟她打个招呼："放羊去啊。"张奶奶应："啊，放羊去。"她牵着羊走上街头，走过一间又一间招牌琳琅的店铺，走过一条又一条车流汹涌的马路，有点焦急地寻找一块草地，找到了，就把羊拴在树上吃会儿草，自己坐在小凳子上歇一歇脚。却仍是焦急地东张西望着，怕突然哪里跑出个人来赶他们走。等真有人赶了再走，再往前找，城市这么大，绿化那么多，一只小羊吃不了多少的。

他们在街市上乱转，一个人，一只羊，不知是她陪着那羊，还是那羊陪着她。那种单枪匹马的架势，那种格格不入的架势，总让人不免多看几眼。那只羊仍是昂着头的样子，而她却愣愣的不知在想些什么。会不会她牵上这只羊，就仿佛身在草原，身在家乡，天苍苍，野茫茫，风吹草低，身前身后是她挨挨挤挤的牛羊，而那些还没熬出来的日子里，她是否也曾愣愣地看着它们，想从它们身上看到将来，和盼头。

小区的人们见不到羊，没多久又开始觉得无趣，小朋友们缠着家长要找羊玩，忘了曾被它吓哭过。而八月十五终于到了，人们心头都紧了起来，月亮很圆的那个晚上，很多鼻子等待着又害怕着从空气里传来炖羊肉的浓香。

第二天上班，小区门口又看见张奶奶出去放羊，人们松了口气，心里竟然有些惊喜。

"张奶奶，放羊去啊。"有人热情地打招呼。

"啊，放羊去。"张奶奶有点不好意思，把羊拉紧些，快步走过去，"没草吃，不长肉，太瘦，等过年再杀——到时候请你喝碗汤。"

爷 爷 / 陈 觉

老 男 人

文 / 路明 大学教师 物理学博士 资深驴友 @路明_坐在后排的兄弟

01 舅舅

1969年，舅舅初中毕业，穿上梦寐以求的军装，奔赴江西某军垦农场，成为一名"兵团战士"。说是战士，主要还是干农活。兵团在鄱阳湖边围湖造田，战士们农忙时插秧割稻，农闲时挖土修堤坝，天天一身泥巴一身臭汗，十分辛苦。

舅舅说，辛苦不怕，最难受的是洗不了澡。连队一个月才安排集体洗一回澡。夏天还好，天天下湖游泳。到了冬天，汗水捂在衣服里，裤腰上一圈白花花的盐，肉都发咸了。加点蒜薹、干辣椒，下锅一炒就是一盘好菜。舅舅向连长提意见，被连长一顿臭骂——你们这些城里男人，穷讲究。不洗澡咋了，老子几个月不洗澡，老婆也不嫌弃。

某天夜里，连长起来小解，迷迷糊糊正想回房，猛地瞅见厨房有火光。连长一个箭步冲进厨房，只见灶膛里柴火熊熊，火上架着一口大锅。锅里还飘出歌声，是《铁道游击队》的插曲：

> 西边的太阳就要落山了
> 微山湖上静悄悄
> 弹起我心爱的土琵琶
> 唱起那动人的歌谣

舅舅一边哼着歌，一边躺在锅里洗澡，无比惬意。好家伙，也不怕把自己给煮熟了。

第二天清早，舅舅出列。"啪"的一声，连长把一整块肥皂丢在地上——给老子刷锅去，不把这块肥皂擦完不许停。奶奶的，全连这么多人，都吃你的洗澡水不成？

据我所知，这是"丢肥皂"典故的最早来由。

农场附近有个知青点。赶集时大家凑一块，聊几句家乡话，分口烟抽，十分亲热，也算是他乡遇故知。有个叫巧玲的女知青，时不时塞把香瓜子花生米给舅舅。有一回还抢过舅舅的手帕，说洗完了还给他。周围的男知青都不怀好意地起哄，舅舅红着脸，赶紧一把夺回来。我说，人家那是对你有意思吧。舅舅哈哈大笑，舅妈怒目横眉。

有一回，巧玲红着眼来找大家。原来别的公社想调巧玲过去当民办教师，巧玲很高兴，可大队书记不肯放人。巧玲找他理论，书记关了门，出言污秽，还企图动手动脚。男知青们气炸了。有的嚷嚷着要去公社告状。可无凭无据的，公社凭啥信你？有的提议写信给知青办，揭发这个"破坏上山下乡分子"。可等知青办派人下来查，民办教师的事早黄了。大家吵成一锅粥，谁也拿不出个办法。

舅舅抽着烟，一声不吭。

那天半夜，舅舅悄悄起床，摸黑走了三十里地，找到大队书记家。书记养了条狗，舅舅扔了块骨头过去，狗呜呜地摇着尾巴，叼着骨头跑了。不知等了多久，门"吱呀"一声开了，书记披了件衣服出来。舅舅从背后绕过去，一把剔骨刀架在书记脖子上。

书记腿都软了，一泡尿全撒在裤子里。好汉……同志……饶命啊……
奶奶的，谁是你同志！舅舅压低嗓音，敢欺负女知青，老子放你的血。
不敢了……不敢了……
舅舅松开手，书记一屁股瘫软在地上。

舅舅撒腿狂奔，一口气跑出十里地。停下来，喘着粗气，对着晨曦初露的旷野，纵声大笑。

> 爬飞车那个搞机枪
> 闯火车那个炸桥梁
> 就像钢刀插入敌胸膛
> 打得鬼子魂飞胆丧

几天后，巧玲来找舅舅告别。是忧伤还是欢喜，舅舅没说。

我问舅舅，那件事告诉她了吗？
嗨，说出来挺傻的，就不说了。

02 毛豆阿舅

舅舅有一票从小玩到大的好兄弟，1979年回城后，更是整天厮混在一起。其中有个叫毛豆的，我管他叫毛豆阿舅。

毛豆阿舅相貌堂堂，舞跳得超级棒，绰号"西宫霹雳舞王子"（沪西工人文化宫简称"西宫"）。据说曾经一晚上从霹雳舞跳到太空舞，从机器人舞跳到踢踏舞，一个人演了台舞林大会。

毛豆阿舅要结婚了，新娘是公认的厂花。舅舅他们过去帮忙。一帮光屁股玩到大的兄弟，偷偷开着厂里的重型卡车，到郊区农场拉来砖头和木料；自己锯木头，打家具，上油漆；自己砌墙，铺地砖，搭阁楼。毛豆没钱谢大家，每天完工后烧一桌子菜，再搬来一箱啤酒。一帮男人大碗喝酒大块吃肉大声讲黄段子，那是最快活的时光。

90年代初国企改制，毛豆阿舅和舅妈双双下岗。为了养家，毛豆贩过香烟，倒过面包券，也在饭馆帮过厨，在菜场卖过菜。毛豆的女儿那时上小学，小提琴拉得极好。毛豆请来音乐学院的老师辅导，一上午就是两粒米（两百块）。

家里很快见底了，还欠了一屁股债。那年春节，舅舅他们有的下岗，有的一个月工资就两三百，给毛豆女儿的红包都是一两千。第二天，毛豆带着女儿登门回访，换了个红包，钱原封不动还回来。

毛豆思前想后，决意去日本打黑工。伙伴们在黄河路的小酒馆为毛豆饯行，酒酣耳热，醉眼蒙眬，大家齐声合唱，从《拉兹之歌》唱到《啊朋友再见》，从《莫斯科郊外的晚上》唱到《北京的金山上》，一起用力地"巴扎嘿"。仿佛拥有过一个这样的夜，可以抵抗此后的好多年。

这一去就是八年。八年里，很少听到毛豆的消息。只知道毛豆女儿的小提琴课从未停过。后来她考上了音乐附中，又考取了欧洲的音乐名校，漂洋过海深造去了。

再见到毛豆是在他母亲的追悼会上。

老太太有严重的糖尿病，一直不让毛豆舅妈告诉毛豆，直到病危电报拍到日本。毛豆一番折腾好不容易回国，还是没能赶上见老太太最后一面。灵堂里，毛豆出现的那一刻，许多人惊呆了。当年的霹雳舞王子瘦成了一把柴，脸色死灰，头发掉得不剩几根。毛豆长跪不起，痛哭流涕，一声声唤着"姆妈"。姆妈再也回不来了。

后来知道，毛豆在中餐馆当厨师，在地下赌场做保安，当钟点工，扫大街，抬尸体，什么活都干，一天打三四份工，还得整天提心吊胆，被老板克扣工资也不敢声张。住的是八个人一间的宿舍，吃的是残羹冷炙。由于长期生活不规律，毛豆患上了严重的胃病和风湿。

回来没两年，毛豆舅妈的抑郁症和精神分裂症越发严重了。毛豆辞了工作，专心陪伴舅妈。昔日的厂花完全变了个人，家里的东西差不多都摔烂了，还动不动寻死觅活。有时在街上走着好好的，突然对着毛豆又咬又打。有路人好心来拉，毛豆说，让她打。多少朋友劝他，离婚吧，法院会支持。毛豆淡淡一笑，她生病多半也是因为我。这些年我亏欠她的，要还。

过年的时候，当年的小伙伴们聚会，好不容易叫出了毛豆。坐了没一会儿，毛豆急着要回家，说不放心。大家劝他多喝几杯，晚点再走。毛豆说，算了，早晚要面对的。

毛豆穿好大衣，推开门，走入漫天风雪。这个曾经风流倜傥的男人，消失在街角尽头。

03 爷叔

爷叔穿着大红色裤子，黑面布袄，站在冬日的阳光里，目光闲散，神情淡然。老上海人一眼看穿，这是个"白相人"。

爷叔四十五岁左右，精瘦，大光头，鹰钩鼻子，钻石耳钉，一对眼珠精光四射，像武侠剧里身怀绝技的淫僧。

中午时分，弄堂里人渐渐多了起来。附近写字楼上班的白领，商场当营业员的阿姨，喜欢来弄堂觅碗馄饨或排骨年糕吃吃，物美价廉，比"美食广场"划算得多。不少阿姨显然跟爷叔打过交道，虽说徐娘半老，毕竟有屁股有腰，款款而过，看爷叔的眼神一半像老冤家，一半像老相好。

我要了一支烟，点上，跟爷叔有一搭没一搭地说话，看爷叔调戏妇女。

今朝哪能嘎漂亮，做新娘子去？

长远不见了，想侬想得来……

阿姨都见过世面，一点不气恼，朝爷叔翻一个白眼，或是秋波一转，似嗔非嗔地一笑。一个中午，爷叔收获了无数句"触气"、"十三点"、"讨厌"，他嘻嘻地笑着，掩饰不住地欢喜。偶尔有个阿姨停下脚步，问他讨一根烟抽。

爷叔开腔：那年我从新疆回来……
身旁抽烟的阿姨乐了，哎哎哎，讲讲清楚，为啥去的新疆？怎么讲得像去旅游一样。
爷叔讪讪的，挠挠头皮，唉，年纪轻时不当心，"搭"进去……
接着猛吸一口，烟屁股扔地上，用力跺两脚，嗓门调高：搭进去哪能？搭进去哪能？年轻时谁没糊涂过？老子一不偷，二不抢，三不强奸，打打相打嘛……

弄堂里有爷叔的传说，说他当年是个狠角色，打起架来不要命。

江湖中人，自有一套行事法则和底线。坑蒙拐骗，强奸妇女，那是极不地道的，下三滥。牢子里要是进来一个猥亵幼女的败类，不劳政府动手，其他犯人会联手"修理"。打架则是另一回事。爷叔当年威名远扬，江湖中有他一把交椅。人在世上飘，可以嚣张，不能苟且；可以恃强，不能凌弱；可以无法无天，不能无耻猥琐。

白相人，这点腔调要有。

爷叔又掏出一根烟，神抖抖点上，一个个烟圈吐出来。我忍不住想象当年他"在新疆"的光景——每天列队出操，唱《社会主义好》，上厕所得先报告政府——那是什么模样？思想有没有改造好？不知道。结识了一帮民族兄弟倒是真的。这个我信，凭爷叔的个性，混西域绝对吃得开。

有个塔吉克哥们，也是当年的"难友"，在野外逮了一只鹰雏，两三个月大。这哥们神通广大，从喀什到上海，居然一路瞒天过海，通关无数，亲自把鹰送到爷叔手上。两人喝了顿大酒。哥们说想老婆了，硬是当晚就醉醺醺地上了火车。

爷叔对这只鹰喜欢得不得了。鹰得熬，不然不通人性。说白了就是不让鹰睡觉，消磨掉它的野性。鹰不睡，人也不睡。爷叔每天灌五大杯咖啡，看A片提神，实在撑不住就打个盹，脚上绑绳子连着鹰架，过几分钟晃一下。熬到第七天，爷叔撑不住，睡死过去，醒来时，一双鹰眼正挑衅地盯着他。

第一次没熬成，算打了个平手。一年后，爷叔借了用友家郊区的大房子，再熬。鹰终于服帖，认了这个主人。

爷叔喜欢这只鹰，叫它囡囡。想方设法买活鸽子活兔子喂它，有一次还专程开车去湖南，《捕蛇者说》的地方，抓回一笼子活蛇。囡囡天天在弄堂上空盘旋，吓得附近的居民不敢养鸽子。

每天下午，爷叔带着囡囡出街。囡囡站在爷叔肩上，一副睥睨众生的模样，爷叔威风凛凛，耀武扬威。不少姑娘及妇女怯生生地搭话，问爷叔能不能摸一下他的鸟。

爷叔昂然答，我的鸟凶得很，会咬人。

有个卖瑞士名表的阿姨，每天中午去敲爷叔家门。说是来看鸟，眼神却直勾勾的，像一锅滚烫的小馄饨。关键地方爷叔不讲了，只悠悠叹口气，女人哪，比老鹰厉害。

一次出街，爷叔偶遇某晚报小胖记者，相聊甚欢。小胖端起相机，给爷叔拍了多张神气活现的遛鹰照，皆大欢喜。不想没过多久，"政府"纷纷上门，劝说居民区不能养鹰，得送动物园，不然罚款云云。

爷叔纳闷,上网一查,尽是这样的新闻——《弄堂有鹰散养,低空飞行吓坏路人》、《市民养鹰当宠物,四处排泄让居民头痛》、《居民区宠物鹰行人头上掠,未经许可不许私人驯养》。爷叔晓得,囡囡保不住了,关起房门大哭了一场。囡囡不声不响,看着他哭。

那一天终于到来,囡囡被关进铁笼,凄厉地嘶叫。爷叔面如死灰,拉住动物园饲养员的手不肯放,"对它好点,对它好点"。一连数天,爷叔闭门不出。朋友叫他出来吃饭唱歌,散散心。爷叔一律谢绝,老子连鸟都没了,还玩个鸟?

那天有人笃笃敲门,开门一看,原来是小胖记者,跑来做后续报道。爷叔操起一把菜刀,大吼"还我的鸟",撵得小胖记者满弄堂乱窜。

下午两点,行人渐渐少了。老人坐在阳光下,眯着眼睛晒太阳。爷叔低头看表,差不多该去打彩票的时间。说声"回头见",转身走了。背影逆光,像一只鹰。

04 皮蛋

母亲读初中时,班上有个男同学,诨号皮蛋,特别捣蛋。母亲当时是班干部,有时批评他两句,皮蛋便学着《英雄儿女》中的王成,做慷慨就义状——"向我开炮!"要不就是"同志们,永别了,我想念你们"。全班哄堂大笑。

1969年,皮蛋去云南畹町插队,整日在漫山遍野的橡胶林中挥汗如雨。那时的革命青年,虽然吃不饱肚子,然而胸怀是宽广的,志向是远大的,是以"解放世界上四分之三生活在水深火热之中的劳动人民"为己任的。

一个风高月黑之夜,皮蛋和大春,另一个上海知青,偷偷涉过孟古河,投奔缅共游击队,"支援世界革命"去了,随身带的,除了牙刷毛巾,只有《毛主席语录》和一本翻烂了的《格瓦拉日记》手抄本。

他们被编入缅共人民军"知青旅"。每天早晨，皮蛋和他的知青战友们面向北京的方向，手持毛主席语录，高呼"祝全世界革命人民的伟大领袖毛主席万寿无疆，祝缅甸共产党主席德钦辛身体健康"。

有多少中国的知青越境参战，有人说两千，有人说五千。他们勇猛、忠诚、狂热、无畏，牺牲前高呼"毛主席万岁"。每次打仗冲锋在前，撤退在后，战果最大，伤亡也最惨。

皮蛋说，战争片看多了，什么《闪闪的红星》、《南征北战》、《万水千山》、《渡江侦察记》、《铁道游击队》，满脑子战斗英雄形象，打起冲锋来根本不用学。那时知青们打仗都是挺着胸脯的，无论是射击、冲锋，还是撤退——这让他们被嘲笑为世界战争史上仅有的一支挺着胸脯打仗的队伍。

几乎没怎么训练，他们就投入了战斗，热带雨林成了血腥残酷的杀场。大春被手榴弹炸瞎了眼，抽搐着死在皮蛋的怀里。

皮蛋九死一生回到国内。像是变了一个人。从前那样活泼开朗，现在沉默得像座山。

皮蛋找到大春的家，朝着他的母亲跪下去，咚咚咚三个响头，抬起脸泪流满面。皮蛋说，以后你就是我的妈，我给你养老送终。皮蛋又说，我和大春是兄弟。我俩说好了，谁光荣了，另一个人要照顾他的爹娘。

此后寒来暑往，风里雨里，皮蛋给老太太做饭、洗被子，送老太太去旅游，陪着老太太看病，比待亲妈还好。前年老太太去世，掐指一算，整整三十八年。皮蛋痛哭一场，像一个最后告别阵地的老兵。

老兵不死，只是凋零。

如今的皮蛋，关心股市、动迁政策、晚市的鸡毛菜几钿一斤。女儿眼看快三十，一直找不到对象，让他愁白了头。每天早起晨练一个小时，回家给老婆女儿做好早饭。五点半下班，骑着自行车去菜场，车把上挂条带鱼回家。

不再轰轰烈烈，只有柴米油盐。

他绝口不提那场战争，女儿对此一无所知。所有的战火与硝烟仿佛埋葬在昨天。我请他喝酒，喝大了，才愿意聊上一段。说到大春，泪光闪烁。

酒醒了，打电话过来嘱咐，不要写我名字，就写皮蛋好了。

05

要走过多少路，才能成为一个男人？有一天我老了，会不会有一个小男孩，傻乎乎地看着我，偷偷地想，这是我以后的模样。

那是对老男人的最高褒奖。

原 ＼ 汪汪先生

扫　雪　记

文 / 李娟　作家　@阿勒泰的李娟

前年春天，我把家从富蕴县南面戈壁滩上的阿克哈拉村搬到了阿勒泰市，在市郊红墩乡三队乌图布拉克沟买了个院子，很大，五亩！为充分炫耀此事，我四处吆喝，组织了一拨又一拨看房团前来参观。一到地方，朋友们除了尖叫和眼红，都不约而同地问到一个问题："那冬天怎么扫雪？"

在阿勒泰的冬天，人人都得扫雪。乡下人扫自家的院子，城里人扫各单位的片区。哪条街道哪段路面归哪个单位负责，墙根处马路牙子电线杆上都以红油漆标得清清楚楚，还打着箭头符号。一到久雪初停的日子，天大的事都得放下，处级以下干部职工无人幸免。至于不便人工清扫的主干道，则以推土机推开积雪，再用挖掘机装满一辆辆卡车，然后运到城外倒掉。

说"扫"雪，实在太含蓄了。说"铲"雪、"打"雪、"砍"雪都不为过啊。那可真是个力气活，用铁锨挖，用剁铲砍，用推板刮，拼命在雪堆里刨开一条通道，杀出一条血路。雪是轻盈浪漫的，可一旦堆积起来，便沉重又坚实，不近人情。至于塌方时从高处滑落的雪块，更是如冰块一般坚硬，手指甲都很难在上面划出印子。

总之，我和我妈面临的就是这样一个问题。

之前我早就提醒过我妈，阿勒泰市是山区，比不得戈壁滩上的富蕴县，冬天雪很大的。她嗤之以鼻："老子活这么大什么样的雪没见过？"
下第一场雪时，我妈真心地感慨："别说，老子还真没见过这么大的雪！"
下第二场雪，我妈又感慨："除了上次那场雪，老子从没见过这么大的雪！"
到了第三场雪，我妈继续："这是老子这辈子见过的第三场最大的雪！"

就这样，不到一个月，纪录刷新了三遍。

才开始，我俩约好，管它多厚的雪，咱只扫出一条通道，能走路就行。后来发现，头几场雪如果不腾出空儿来，后面再下的雪根本就没处儿码。只掏一条路？太天真了。况且，才十二月就此等规模，若真的只掏一条路，等到二月，人岂不得夹在深沟里走，脑袋都冒不出来。

然而，就算只掏路，这活儿也不好干。路实在太多了……从门口到牛圈，得有二十米。从门口到厕所，三十米。从门口到鸡圈，二十米。从门口到煤棚和饲草堆，还是二十米。从门口到倒煤灰的河岸边，三十米。最后，从门口到大铁门再到马路边……五十米。

当初为什么要买这么大的院子啊……

真想多交几个男朋友……帮忙扫雪……

雪停了，我和我妈去镇上赶集。一路上路过的人家都在扫雪，用手推车把雪一车一车地从院子里拉出来，倾倒在马路对面的河谷下。我妈一边打招呼一边讪讪道："哎哟，真勤快哟。哎哟，真讲究哟……我家的雪都没管它……就扫了条路出来……"
人家便客气道："反正闲着，锻炼身体呗。"

回家后，我妈警告我："再不许让人来咱家玩了！你看这一路上，家家户户都扫了雪，就我家堆得满院子都是，丢人！"
于是，每当有朋友打来电话："雪停了，去看看你呗！"我就警告："不许来！我妈说了，没扫雪！"

进城办事，若有朋友开车送我回家，一到大门口我就急忙道歉："不好意思啊，没扫雪！就不请你进去坐了啊。"

老是这么闭门谢客也不是个办法。况且总有些人不请自来。比如来借钱的，比如来通知改电的。雪太厚，到了我家，连大铁门都近不了身，来人得站在马路上狂喊，惊动我家的狗之后，才能惊动我和我妈。偏偏那两天一直没完没了地下雪，盖了厚厚一层，我妈挣扎着趟行，五十多米哪！齐膝深哪！那人隔着铁门的栏杆遥遥看了，怪不好意思的，只好也下了马路，把双脚插进雪里，从马路到大门，帮我们踩出了宝贵的十二个脚印。从此以后，我和我妈每次出了大门，都会踩着这十二个脚印窝子上马路。谢谢他哦。

进得门来，那人笑道："雪把门都埋了一大截，要不是看到烟囱在冒烟，还以为这家人搬走了！"
我妈呢，少不了就健康问题抱怨一番，然后详尽地罗列全部的家务活儿。那人便理解地叹息："这么大个院子，就你们两个人管理，是挺难啊……"
我妈问："这个地方难道每年都有这么大的雪？"
那人说："倒也不是……"
我俩微微地舒心。
然而他又说："大的时候还没到呢。"
……

扫雪本身就是累人的活儿，偏偏天气又这么冷。头一天还在零下十几度，第二天突然就到了零下三十多度。中间连个过渡性的零下二十度都不给。刚入冬的两场大雪后，我妈还会在鸡舍附近扫出一片空地，让鸡们放放风，啄啄泥巴。鸡在封闭环境里待久了，容易缺钙。可后来……缺钙就缺钙吧。

我妈一扫雪就骂狗，说累得半死也不见狗帮个忙。结果狗还真帮忙了。我家大狗豆豆是女的，除了能生仔，再没别的本事。整天招蜂引蝶，院子里一天到晚野狗来来往往络绎不绝。时间一久，竟给趟开了一条路！只可惜这条路我们只能借用一半——走着走着，就通向了隔壁家围墙的豁口处。

由于不扫雪，只趟路，渐渐地，那条陷在雪地中的路就越垫越高了，覆着厚厚硬硬的一层雪壳。原先出了门，得下两级台阶，如今只需下一级。估计等到过年，就没有台阶了。

地面上的雪还好说，掏一掏，挖一挖，总不至于把人给埋了。最大的担忧来自屋顶上的雪。我买的这个院子很大，房子也大，是三十多年的土坯房，墙壁有八十厘米厚。整修房顶时，发现椽木上盖的房泥填了足足一尺深。房泥厚了固然保暖，但分量太沉，大梁和檩条承重几十年，全变形了，向下弓着，让人看了发怵。如今再加上雪的重荷，这房子，真是住不安稳……

大雪一停，左邻右舍们赶紧上屋顶推雪。我和我妈……谁都不敢上。屋顶坡度倒不算太陡，却特滑。今后如果我自己盖房子的话，房檐边定加一排围栏，万一滑下去多少给挡一下。要不就把屋顶架得更陡一些，搞个哥特风格，锥子一样尖，让雪自己往下滑。

唯一庆幸的是阿勒泰靠着大山，没什么风。如果还在戈壁滩上的阿克哈拉村，这等规模的雪，恐怕早就借着大风，把我们整个房子埋得烟囱都不剩。

总之那个冬天雪特大，好像要给初来乍到的我们一个下马威似的。当时的新闻不时报道初冬雪灾的事。受灾最大的当然不是城市，也不是农村，而是牧区。城市已经和气候没什么关系了。农村冬季正是农闲时节，交通又相对便捷，面对极端天气总有一定的亢衡力量。而牧民们只能被气候的绳索紧紧缚着，在深渊中甩来荡去。在电视新闻画面上，牧人们把羊一只一只从雪堆里刨出来，有的活着，有的死了。

而当时是十二月中旬，冬天才刚刚开始。

夜 的 钢 琴 曲

文 / 陈谌　90后作家　吉他手　@陈谌CC

01

吃完晚饭，抬头看墙上的时钟，刚好七点十五分，我照例给自己泡上一壶茶，关了客厅的灯，打开窗户，倚靠在沙发上静静地等待。

没过多久，钢琴声准时从天花板上传来，今天是肖邦的《降E大调夜曲》。窗外的月光伴着流淌的旋律洒在客厅的地板上，勾勒出一道道柔和的线条。我闭上眼睛静静地聆听着，沉醉在这如梦似幻的情境里，好像进入了另外一个并不真实的世界。

如果没有记错，应该是这周第三次弹了吧，她似乎对这首曲子情有独钟。其实我并不知道楼上这位演奏者究竟是谁，甚至从来都没有机会见上她一面，但从那些如同被串起的珍珠项链一般精致的音符里，我莫名地觉得她应该是一个姑娘。

我只是一个普普通通的上班族，每天早晨九点上班，晚上六点半到家。我没有什么别的爱好，不爱上网也不爱看电视，我的客厅里甚至连台电视机也没有，每天唯一的期待就是七点半坐在沙发上听楼上传来的钢琴声。这是一座有些年头的公寓，楼层之间的隔音效果很差，因此钢琴的旋律能够如此清晰地回荡在我空荡荡的客厅里，仿佛一个简陋的音乐厅。

我曾经无数次幻想过这位演奏者的模样，然而却未曾想要真正去认识她，走进她的生活。尽管整整一年来，我们共同分享着每个晚上那段短暂而惬意的时光，但我想或许这只是我的一厢情愿罢了。毕竟对她而言，大概永远也不会知道有个人一直这样默默地听她弹琴，试图去分享这些旋律中所想表达的快乐与悲伤。

不知从什么时候开始，我习惯了这样的生活方式，不再轻易尝试去走进某个人的生活中。与其说这是出于不想打扰的礼貌，不如说是一种恐惧。我谈过很多次恋爱，最后都无疾而终，直到现在依然是孑然一身。于是渐渐开始逃避这个过程：从新鲜感到互相了解，再到去接受一个和你完全不同的个体。我时常想，人与人之间是如此地不一样，改变自己去适应彼此究竟要付出多大的努力和代价呢。

一曲终了，客厅陷入了死一般的寂静，我喝掉最后一杯茶，起身关上窗户，就这样把自己锁在了另一个世界。

02

这天晚上窗外下起了蒙蒙细雨，潮湿的空气弥漫在房间里，像极了旧时光里那些黏稠的回忆。伴着渐渐沥沥的雨声，楼上传来了一曲Yiruma的《Kiss the rain》，这是我最喜欢的曲子之一，总能让人沉浸在一种不可自拔的情绪之中。然而让人感到吃惊的是，今天她却莫名地弹得磕磕绊绊的，有几个地方似乎还弹走音了，直到最后一个音符落下的时候，我都无法相信自己的耳朵，毕竟这种情况还从来没有发生过。

我有些惊慌失措，不知道她究竟发生了什么事——是不在状态，还是有什么心事？那一刻，我真的很想到楼上敲开她的房门，但最终还是没有那么做。也许是我太过敏感了吧，而且要是被她知道我一直在楼下偷听她弹琴，她会怎么看我呢。

可是接下来的两天，楼上一直都没有传来钢琴声，这让我越来越慌张，于是在第三天晚上激烈的思想斗争后，我还是决定上楼去询问一下情况。来到这所公寓整整一年，我都没有到过一次楼上，楼上的世界对我来说就好像异次元一般的存在，以至于每一阶楼梯都仿佛悬崖边的栈道，让我走得小心翼翼。

我站在门前，仔仔细细地找了半天，却依然没有找到门铃，于是只好伸出手想要敲门，但伸到一半又犹豫地缩了回来，心中充满了一种未知的恐惧感。我不知道自己在害怕什么，或许是对她的模样幻想了太多，今天终于要见到真人，反而担心幻想破灭。假如她长得不是我想象中的样子呢，甚至她压根儿就不是一个姑娘呢……

正当我犹豫不决的时候，门忽然吱呀一声开了，顿时把我给吓了一跳。门里果然站着一个姑娘，披着一头乌黑的长发，穿着一袭白色的连衣裙，显得美丽而优雅，只是她的脸色有些不好，看起来似乎有些虚弱。

"你怎么这么久还不敲门呢？"她冲我笑着道。
"啊……对对对不起……那个……你怎么知道我在门口？"被她这么一问，我不禁有些手足无措。
"我听到你上楼的声音啦。怎么了，有什么事吗？"
"嗯……其实也没什么事，看你没事就好，我先告辞了……"我的脸有些发烫，转身就想逃下楼。
"哎，等一下，既然来了不如就进来坐会儿吧。"她很热情地招呼我道。

于是我也不好推辞，便脱了鞋走进了她家。因为是楼上楼下，我们房子的格局几乎一模一样的，只不过她的装修显得更用心一些，而一进门最显眼的莫过于客厅中央一架很大的三角钢琴，它几乎占据了客厅绝大部分空间，那个地方在楼下是我用来摆沙发和茶几的。

"天哪，这就是你的钢琴。"我不由得惊呼道。
"是的呢，怎么啦？"

"按理来说摆个立式钢琴比较节省空间，不是吗？为什么要摆个这么大的三角钢琴？"

"因为三角钢琴音色更好，弹起来音量也更大呀。"

"难怪我能听得这么清楚呢，我还以为是天花板的隔音效果不怎么好。"

"天花板的隔音效果确实不太好，我每天都能听到你做饭的声音呢。"她笑着说道。

"不是吧，我都听不到你做饭的声音。"

"嗯……可能因为我的听力比你的好，我甚至还知道你每天都听我弹琴呢。"

她这么一说，我顿时感到颜面无存，真想马上找个地缝钻回自己家去。

"有一个听众终归是件好事呢。无论做任何事情，一个人的话，快乐都会减半，不是吗？就像你每天一个人吃饭的感觉那样。"

我不禁有些惊讶，原来她也一直在默默观察着我的生活。

"话说，你这三天为什么没有弹琴了呢？"

"因为身体有些不适，不好意思让你失望了。"她有些抱歉地笑了笑道。

"也不是失望啦，就是有些担心你。你看都整整一年了，我每天晚上都在等你的曲子，忽然三天没弹，我真以为你出了什么状况呢，所以才冒昧来敲你的门。还好，看来你没什么大碍。"我对她解释道。

"你真是个好人。"

"用不着刚认识就给我发好人卡吧。"我不禁哑然失笑。

"没，我认真的呢。如果你愿意，以后每天都可以来我家听我弹钢琴。"她歪着脑袋冲我抿了一下嘴道。

03

于是，后来，每天下班吃完晚饭，我都会到楼上敲开她的房门，坐在一旁默默看着她弹一首钢琴曲。她每次弹琴前都会把窗帘拉开，让窗外的月光恰好照在钢琴的周围，像是开演前照在舞台正中那束恰到好处的光，随后她拉开椅子缓缓地坐下，打开琴盖，将头发拨到耳后，流淌的旋律就这样从指尖倾泻而出。

这是一幅难以名状的画面，没有什么华丽的辞藻能够形容这种极致的美。对我而言这是一场从未体验过的完美演出，但对她来说，或许更像一个庄严而神圣的仪式，任何听众在这样的场合都显得多余而冗赘。伴随着一如既往的诚惶诚恐与陶醉，我听她弹完了最后一个音符，陷入了久久的沉默中。

"怎么了？"她合上琴盖，转头问我。
"我很好奇，为什么你一天只弹一首曲子呢？"
"那你为什么一天只吃三餐饭呢？"她笑着反问我道。
"这……不一样啊，饭多吃一餐要撑死的，曲子多弹两首又不会怎么样。"
"嗯……"她低头沉思了一下，然后问我道，"其实你有没有发现，我的屋子和别人的不太一样？"
"没有啊，我虽然每天来你这里，但哪里好意思随便参观呢。"
"其实并不难发现的呢，你坐在这里就应该能看到的。"她伸手指了指厨房的方向。

我这才惊异地发现，她的厨房里空空如也，什么都没有。
"天哪，难道你从来都不做饭的？"我瞪大了眼睛道。
"不，我的厨房就在这里。"她指了指那架三角钢琴道。

如果不是她用如此认真的口吻在跟我诉说，也许我永远都不会相信，原来她是一个异体质的姑娘，天生以音乐为食，从旋律中获得赖以生存的能量。

"这就是为什么我一天只弹一首曲子的原因，就像你一天只吃三顿饭一样。"她露出了一个淡淡的微笑。
"所以说，这架三角钢琴，其实只是你的厨具而已？"
"你很聪明，这就是我买这架巨大的三角钢琴的原因。我的听力非常灵敏，能够捕捉到任何细小的旋律与瑕疵，而它的音质是所有钢琴里最好的，这保证了我每天能摄入最干净的旋律。"
"原来是这样。"我点了点头道。

"不知道你有没有听过古希腊传说里的塞壬，也就是海妖，她们能以致命的歌声诱惑过往的船员，然后杀死他们。我的祖先是她们的分支，只不过我们生性善良，只以音乐为食。我们的听力非常非常好，能听到几公里之外的声音，但也正因为如此，我们的身体也异常脆弱，任何噪音都有可能危及我们的生命，所以后来我们的种族几乎灭绝了。"

"这么说你也能听到几公里之外的声音？"

"不，我的听力已经退化很多了，不然我也不可能在这个嘈杂的世界上活到今天，不过我的听觉还是要远远好于常人，这就是为什么我能知道你每天在做什么。"她冲我眨了眨眼睛道。

她还告诉我，她深居简出，选择住在这个旧公寓，也是为了寻找一个安静的栖身之所，一年前当我搬到她楼下的时候，她其实很恐慌，因为假如我是一个喜欢请朋友来喝酒玩闹，甚至整夜开着音响放歌的人，她就不得不搬走了。幸好我是一个好邻居，一个生活简单到有些简陋的人。

"所以你确实是个好人呢，我真的要谢谢你。"

"还好啦，我只是比较孤僻而已，不太懂得与人相处。"

"你很贴心呀，你看你还主动上门关心我的身体。"

"噢对了，说说你那三天是怎么了？"

"我的钢琴有些走音了，弹到一半身体有些不适，所以我自己调了一下，歇了几天没弹，就像你们吃坏了肚子，得饿几天清清肠子一样。"她笑道。

"说真的，你一个人生活真挺辛苦的呢，应该找个人照顾你才是。"

"说得倒是轻松呢，要知道和我一起生活可辛苦了，要整天安安静静的不说，也不能指望我陪他出门。再说了，谁会爱上一个不食人间烟火的姑娘呢。"她的语气里充满了自嘲与调侃的味道，但也透出些许的苦涩。

04

随着日子渐渐推移，除了我每天到楼上听她弹琴，她时常也会在我做饭的时候到我家里来做客。由于常年一个人吃饭，我做饭一般很简陋，心情好就用电饭煲煮个干饭，再随便做个西红柿炒鸡蛋，要是懒就直接煮个泡面往里面扔个鸡蛋就完事了。她在一旁看的时候总会一个劲儿地摇头，说我的生活态度极其不端正。

"你看你对自己一点都不好，做饭这么敷衍。"

"你又不会做饭，还说我。"

"你不会弹琴，也能听出曲子的好坏，不是吗？虽然没尝过，但是看菜的品相就知道不好，感觉很不健康的样子。"

"唉，一个人吃嘛，没必要那么认真。"

"即使一个人，也要好好吃饭呀。"她很认真地说，"你看我虽然每天也就一个人'吃'，但我总是弹得很认真，每一个音符每一个小节都一丝不苟。对我来说，弹琴不仅仅是为了补充能量，弹一首自己喜欢的曲子也是一种享受。同样的道理，吃饭对你来说也不该仅仅是一个填饱肚子的任务。"

我歪着脑袋想了想，觉得她说得有道理，但我告诉她，我的确是想把吃饭搞得有情怀一些，可惜我做饭的技术实在是比不上她弹琴的技术。

吃完饭后到她家里，她从柜子里拿了很多CD给我看。"其实吧，我之前也很少自己弹琴的，每天都放这些CD来给自己补充能量。但是要知道，再好的CD音质也是有损的，比不上从乐器里发出的最原始的旋律，因此后来我才学着自己弹钢琴，这些CD也就成了我的'应急食品'，就好像你们的罐头一样，偶尔拿来当零食吃。"她又翻出很多钢琴谱来给我看，告诉我这些就是她的"菜谱"。

"所以你最爱的一道'菜'应该是肖邦的《降E大调夜曲》了吧。"我拿出其中一张谱子。

"是的呢，每个人都有自己最爱吃的东西。你最爱吃的是什么？"

"我啊，我最爱吃的是松鼠鱼啊，可是这道菜超级难做，一般都是跟朋友到饭店聚餐的时候才能吃到。"

"是啊，有时候我也觉得如果有人能够共进晚餐是一件多么幸福的事情，虽然一个人也可以吃得很优雅，但怎么也比不上一起吃饭的温馨。"她的眼神里流露出了些许伤感。

我握着手里的乐谱，看着她一脸难掩的失落，忽然萌生了一个有些疯狂的念头，于是偷偷把乐谱折好放进口袋里，然后假装若无其事地在客厅坐下，准备听她今夜这曲孤独而唯美的独奏。

05
周末，我来到公寓附近的一家琴行，拿着乐谱找到老板，说想要学一门乐器。

"《降E大调夜曲》？这是一首钢琴曲呢，你想要学钢琴吗？"老板问我道。
"不是，有没有什么乐器同样能弹这首曲子，并且能够和钢琴完美合奏的？"
"这个，如果说是和钢琴合奏的话，大提琴应该是最好的选择，可是这首曲子似乎从来都没有这两种乐器合奏的版本呢。"
"可以编配一个合奏吗？"
"可以是可以，不过要花点时间。"
"太好了，那我想学大提琴的部分。"
"你大提琴的基础怎么样？"
"零……但是弹过吉他算不算？"

老板听到这里有些为难，但在我的坚持下，他还是找了个大提琴老师来给我编配并教我这首曲子。

万事开头难，尤其是学一种从来都没有接触过的乐器。但为了完成她的心愿，我每天下班后都抽一个小时到琴行去练琴，于是这段时间我几乎没有再到她家里听她弹钢琴了。并且为了不让她知道我的计划，我告诉她我最近每天都要加班，就连我买的大提琴都寄放在琴行里不带回家，生怕被她发现。

由于知道她的身体状况，我练得非常刻苦，毕竟假如我不小心弹错了音，或者弹得不熟练，对她的健康会造成不好的影响。然而随着曲子逐渐练成，我也越发忐忑不安，因为我从来都没有和她排练过哪怕一次，不知道到时候我们之间的合奏会不会有默契，是否能够完美地把这首曲子共同完成。

一个月后的一天，我一下班就飞奔到琴行，把笨重的大提琴背回了家里，然后兴奋地跑到楼上敲她的房门，然而过了很久，里面都没有任何回应。

正当我有些疑惑的时候，门忽然开了，里面窜出来一股呛人的油烟味，而她正站在门口，手上端着个盘子。

"加班辛苦了。我最近买了口锅，偷偷学做了一道菜，你最爱吃的松鼠鱼，可惜厨房里没有抽油烟机，搞得屋子里乌烟瘴气的。"

我低头看了看这盘精致的松鼠鱼，不知是因为油烟还是感动，眼眶不禁有些湿润。与此同时，她也看到了我身后的大提琴，正当她准备开口问的时候，我轻轻地告诉她："从今天开始，我想每天与你共进晚餐。"

当海不蓝，飞起的梦想都变尘埃 / 宇华在苏格兰

我 在 浮 光 掠 影 里
等 你

文 / 阿肆 音乐人 写作者 @炸鸡少女阿肆

坐在回程的地铁里，强劲的冷气吹得我直打颤，无法漫不经心。

暑假的九号线车厢空空荡荡，我不知道是该将视线继续投向窗外，还是低头留给那张发烫的明信片。

明信片的反面是一张我从未见过的自己的照片，昏暗中的侧脸。看样子应该是某次学院晚会彩排时抓拍的，那会儿我还戴着金属框的眼镜，梳着规矩的大马尾。

明信片的正面除了邮戳地址，还有短短一行字："我命里缺的是水。"

落款：树。2010年8月17日。

事情缘于两个月前。大饼欧洲游归来，约我出来，问我最近有没有收到意外的明信片。我认真寻思了半天，说没有。

不会吧。靠，都寄出半个月了。又给老娘寄丢？邮票很贵哎！

等等，你写的是我北京的地址，还是上海的？

北京的你没告诉过我啊。就上海的，就原来那个，文汇路上的。

文汇路？！呃……我毕业这都几年了！你真的是我好朋友吗……

呵呵呵哈哈。那你下次回学校的时候，去宿舍看看吧。

谁有空去趟大学城就为了你这破明信片啊。再说，宿管大妈肯定都换了，哪里还会认得我。

没想到两个月后一个闲来无事的下午，当我走进宿舍楼大堂时，居然一眼就认出了陈阿姨。

陈阿姨却是不太记得我了，我跟她鸡同鸭讲描述了一堆，最后只得使出杀手锏，不太好意思地说：就是经常赶在拉闸前冲去洗澡的那个王淼，就是有一次被困在浴室里鬼哭狼嚎的那个王淼……

阿姨终于表示有些印象了，嘻嘻笑说，咯么吾帮侬寻寻看。

楼里小姑娘多，阿有可能被拿错特了。她从小门间里边走出来边说。

喏，只寻到一张，2010年的，侬看看是农额哦。

明信片的反面是一张我从未见过的自己的照片，昏暗中的侧脸。

明信片的正面除了邮戳地址，还有短短一行字："我命里缺的是水。"

落款：树。2010年8月17日。

2010年的8月我在干什么？我在世博园里当小白菜志愿者。整个人晒得又黑又瘦，脸颊绯红，鼻梁汗津津的，眼镜片都蒸出了雾气，刘海耷拉在脑门上，耳朵挂着、腰间围着超市促销小姐的那种扩音器，站在路口迎着四面八方而来的游客，低头哈腰指路问好强颜欢笑，样子滑稽得不得了。

偏偏在这种时刻，从远处人群中走来的林树，被我的扫视自动锁定，对焦个正着。林树是高我一届的学长。人如其名，高瘦干净，像一棵树。

"小白菜你好，我想知道沙特馆怎么走。"林树走到跟前，开始装模作样。

我嘴角半歪差点破功，一边被他的浮夸演技折服，一边为自己的狼狈而情怯。

"您好。沙特馆人特别多，排一天也进不去，我建议您去几个别的场馆。"

"噢……那请问哪里有水喝。"

"您看，往前走一百米，那边有个接水处，旁边也有小卖部。"我侧过身，向后指了指。

"谢谢噢。"林树点了点头，径直向后走。

这就结束了？也不慰问慰问，你是不知道我在烈日底下站了两小时了都。

内心戏刚磨叨完，肩膀就被拍了下。

"冰红茶在园里居然要八块。你得请我吃饭。"林树递过来一瓶饮料。

午休换班时我带着林树去世博园的员工餐厅吃了饭。饭后我们在世博轴下来回走。林树说起他刚刚经历的毕业季，说起迷茫与艰辛。说起他和小烨分手了。

林树和小烨是我做的媒。小烨是我广播站的学姐，气质冰清，多才多艺。有一次办晚会，我请林树来拍活动照，结果在整理照片的时候发现了好多张里都有小烨学姐的倩影。这种蛛丝马迹岂能逃过我的火眼金睛，于是那阵子我经常约上小烨和林树出来吃饭，每次吃到一大半我再找点儿事由尿遁，最终促成了这桩美事。

我觉着他言辞间仍有些伤感，便想缓解气氛开开玩笑，说："谁让你命里木太多，所以上天才派来了小烨这把火。"

"你怎么会觉得我命里缺火呢？一棵树烧起来是火，一林子的树烧起来，就是火灾。"

我在心里给自己掌了一嘴，多说多错。

"不提这些了，说说你吧。"

"我啊？我们这群可怜的小白菜，每天从早站到晚，早上八点大巴来浦东，晚上十点大巴回松江，大夏天的你也知道宿舍里没空调，那煎熬！跟放牧式的军训差不多，哈哈哈。"

林树半晌没接话，好像分了神。我又说："不过小白菜有一个好处，就是拿着小白菜证可以走场馆的VIP通道。前天我偷偷逛了几个C区的场馆。"

"托你的福，我从早上进来到现在都没逛过一个馆，你是不是得有点补偿？"

"喂，我饭也请你吃了！别得寸进尺！"

后来，我还是帮林树弄了一张白菜证，翘了半天岗，带他去逛了巴西、丹麦、捷克馆等等。如今回想起来，那天很像一个约会，两个人又吃饭又逛馆。临走之前，他问我还剩几天解放，我说还有五六天吧。他笑笑说好，等你解放了联系我。

然而天有不测风云。后面一天我就发烧了，烧了一天一夜不退，校方只好通知父母把我接回家，提早三天结束了白菜生涯。

很快，盛夏翻篇九月开学，一切照常运转。就像阿姨忘记了那张八月某天突至的明信片，我忘记了跟林树说好的回头见。就像其他所有在校园里再也偶遇不着的学长学姐，我以为林树只是其中之一，流去了长江的前沿，已然随着毕业的浪潮，早一步涌入茫茫大海；失去联络也不足为怪。

从地铁站走回家以后，我打开电脑翻找2008、2009年在学校时的旧照片，发现了那次晚会照片的文件夹。我才注意到那些小烨学姐出镜的照片里，原来也有我。只不过我穿着灰黑色的衣服，几乎与背景融为一本，或背着或侧着身，或东张西望，或露出半个手臂。

某种后知后觉的心潮澎湃，如雨后春笋般冒了出来。

我突然想起某个下午，摆满招新摊位的食堂广场上，在人来人往里被一只大长手逮住，"这位同学，我一看到你就知道你才华横溢，欢迎你加入我们新闻社！"那是林树。

想起某个中午，一个身影打好饭在我对面坐下，我刚说"不好意思那是我室友的位子"，对方便回"我知道，所以我先帮忙占着"。那是林树。

想起某个晚上，室友们都在洗漱铺床，我蹲守了半天的"晚会照片"压缩包终于传输到了98%，对话框那头跳出一句："敬请观赏，嘿嘿嘿。"那是林树。

想起某个傍晚，小烨学姐去挑麻辣烫了，我买好三杯珍珠奶茶回来坐下，旁边幽幽传来"待会儿你不会又要拉肚子了吧？还买奶茶'。那是林树。

想起某次聚餐，真心话大冒险，有人问我如果你被表白了会怎么办，我说"不喜欢的话我就会躲起来，避免再碰到他，拒绝别人这种事我太厌了做不出来"。那是林树。

想起那天，在丹麦馆螺旋向上的露台顶端，一个高高的男子逆着光面对我，身后是延绵的园区与温柔的霞光，我以为他会说些什么，但他却和记忆中那片模糊的景色一样，欲言又止了。那是林树。

其实在你未曾注意的很多瞬间，有人喜欢着你却三缄其口。

> 3011室 王淼（收）
> 我命里缺的是水。
> 树。
> 2010年8月17日。

世上还有多少这样的情谊，被蒙尘的信箱滞留，或者寄丢。只要你我继续起落漂泊，就会有更多的片段暗流隐没。那些片段像是卷入蚌壳酿成珍珠的沙砾，半醒半睡在回忆的波涛里；安静地等待着某一次潮汐，等待着被行走在岸边的我拾起，让我为它们曾被忽略的美而恍然伫立。

对了，后来我问朋友加到了林树，通过验证后我们一直没有对话。他最近的更新是几天前，张张婴儿照片，看样子是造了棵小树苗。我点开，又关，点开，又关，很想默默点个赞；可害怕唐突，最终还是按了退出。

浮光再潋滟，淌不过流年。但纵使往事如烟，依然感谢你有缘在我生命中昙花一现。

陌生人 / Cocu 刘辰

如何与大学女友再度见面

文 / 淡豹　人类学博士生　@淡豹

以下是一部科幻电影。描述大学时的情侣多年后再度见面，相互挤对，获得一定量微酸的欢乐。

某洋鬼子城市。喧嚣的夜晚。

【取景关键：一个面貌庄严、实则傻×的城市中，来往的人流太虚无了】

小丽，女，二十八岁，独自坐在餐馆里。翻菜谱，玩餐巾，把餐巾铺腿上，催侍者加水，看手机，把手机扔桌面上，喝水，又把餐巾叠好放到盘子旁边。

【表演关键：演出一个焦虑的傻×】

小明，男，三十岁，在宾馆房间内。洗手间门敞开，小明罩件白浴袍，腹部大型隆起如山包，正面对洗手间镜子刮胡子，时不时探出脑袋瞅一眼电视。

【表演关键：演出一个自内而外傻×的中年风貌】

01

二人打电话。

【表演关键：声音安定，身体痉挛】

小丽：你还来不来？我要暴躁了。

小明：你一贯暴躁，赖得着我吗？

小丽：到底来不来？我走了。

小明：这就出去，这就出去。我进房间以后洗了个澡，时间耽误了。

小丽：洗什么澡，你是准备今晚干吗？

小明：坐了八个小时飞机，吃饭前洗个澡是尊重你。

小丽：……麻利点。胖归胖吧，也犯不上洗那么久啊。

小明：我洗完了，这就出门。你老实等着。

小丽：我走了。你甭来了。

02

二人在餐馆见面。

【表演关键：小明带着十分谨慎的笑容，小丽带着莫名其妙的怒气】

小明：哎，你不是走了吗，你怎么还在这儿？

小丽：不跟你痛快吵一架不能走。荷尔豪不让。

03

二人轻微地礼貌拥抱，立刻弹开。

【表演关键：请演员用心体会"僵持"的词义。拥抱时二人相隔半米，双脚长在地上，绝不往一块儿凑。别人拥抱是两根筷子，这二人构成一个塔尖锐角，几乎就成了直角。形式主义地抱了半秒，转瞬弹开，舒缓、做作地坐进餐馆软椅】

小明：好久不见。这些乍你——磨腮、垫屁股了？

小丽：真会聊天。看来你是精神病治好了。

小明：你也不礼尚往来夸夸我。

小丽：你博士论文写完了吗？

小明：最伤人的问题。

小丽：今年就该找教职了对吧？

小明：对。

小丽：工作肯定特难找是吧？我看你们东亚现当代文学根本就没有空出来的职位啊。

小明：对。

小丽：你导师是那谁谁吧？我正好需要一位东亚方向的校外导师，考虑请他。

小明：别。

小丽：你给介绍一下？

小明：不可能。

小丽：嗯。我估计你也不能帮我。那我直接写信联络他吧，顺便提一下你。

小明：我走了。你吃好喝好。

04

二人点菜，小明决定了他的主菜，催小丽快决定她的主菜，小丽决定后，要求小明换一个主菜好与她挑的主菜互补，小明执着于他的主菜选择，认为可以用头盘互补，小丽认为用不着点头盘吃不下，小明思考点什么酒，小丽表示她已经戒酒，小明表示那就不点酒了，小丽殷勤表示：你要点你点呗。小明诚恳表示：那我也不点。

【表演关键：真他妈的烦】

05

菜上来了。

【道具组关键：盘子里的死鱼、土豆、意粉看起来比这两人活跃多了】

小丽：说正事儿。没想到这次会议还邀请了你——我是真不愿意和你有交集。

小明：一样，一样。你放心，这领域我不怎么做，开完会，期刊出论文专辑我不参与，未来的会我也不打算参加。以后再没交集了。

小丽：那你还找我吃饭干吗？！

小明：你什么时候结婚的？

小丽：去年。你什么时候结婚的？

小明：早结了，2009年。

小丽：你2009年夏天不是还给我打了好几个电话，敢情那时候你已经结婚了？

小明：我什么时候给你打过电话？！

小丽：相当多的电话。你还发了新写的诗给我，上来第一节讲什么厨房台面，乍看像家具文案。那年我刚到美国，问你该买什么保险。你不耐烦，批评我，嫌我还是依赖你。你还说正打算去流浪动物收养所，领条狗回家养——给我打电话你忘了，狗你总记得吧。

小明：好像有这么回事……刚才逗你的 我记得你打过电话。我其实是2010年秋天结的。你呢，你什么时候结的？

小丽：去年春天。

小明：也不告诉我一声。我一直以为你结婚至少能跟我打个招呼。

小丽：你结婚跟我说了吗？——哎，那你怎么知道我结婚的？

小明：有的是人告诉我。

小丽：你还挺关心我啊。

小明：他们都是抱着"小明没人要威胁你的家庭了恭喜啊"的态度主动来告诉我的。

小丽：你干吗呢啊，该倒橄榄油蘸着这鱼吃，你倒醋啊。土不土啊！

小明：我平常不吃醋，今儿吃一下。

06
吃。
【表演关键：两人坐倍儿直。刀叉起伏砸盘子，餐巾动不动就掉在地上，一首暗怀鬼胎的交响曲】

小丽：哎，老老实实吃饭行吗？没完没了把你盘子里的鱼塞我这边来干吗？都碎了，还带红辣椒圈儿的，全堆我这儿跟一盘辣炒蚬子似的。

小明：那是省得你说话。

吃。

【表演关键：小明一圈一圈拿叉子绕盘子里的意粉，边绕边掉，像个专心致志用意念抽陀螺的小孩，显得智商比较低。小丽一口接一口连着吃，背挺得极直，靠紧椅背，头却低着，紧盯盘子，猛切速吃一直嚼，显得智商比较低】

小丽：我看没有必要见面。咱们有什么必要见面啊？

小明：老死不相往来。这次主要就是考虑到你快老了。

07

付账。小明签账单。小丽抻着脖子看小明钱包里的内容。

【表演关键：请演员去动物园观察刚吃饱就又开始觅食的丹顶鹤】

小丽：没照片啊？有照片吗？

小明：吃完白食，还进一步提要求，这种行为你自己觉得合适吗？

小丽：给我看看呗。儿子照片也行，媳妇照片也行，未来儿媳妇要是已经定了，也可以。都行。我不挑。

小明：说你不挑，等于是损我。起来，赶紧走。

08

二人离开餐馆。在夜晚城市的街道上疾走，似有劲风。

小丽：你还写诗吗，你还写歌吗？

小明：偶尔吧，不成形。没拿出来。

小丽：甭写歌了，你的歌真不怎么样。我朋友听完说还不如老狼90年代写的。千万别写了。诗还凑合，你写诗吧？

小明：我最近做的事就是把我的诗谱成曲。

小丽：噢，自己糟蹋自己啊。我倒是在考虑要不要认真一点写作。

小明：你开始写东西了？都写什么？

小丽：小说——什么还都没写呢，我得先决定以后用中文还是英文写。

小明：你的英文我没看过，就看过你的口文。

小丽：对啊。

小明：根据这个印象，我建议你用英文写。

09

另一条临河的街道。风景不错，有水有桥，二人视而不见，人行道上疾走。

小丽：你儿子多大了？

小明：不想告诉你。

小丽：早有人给我看过照片了。半岁？一岁？

小明：快两岁了。

小丽：实话实说啊，我特别难想象你都过三十了。

小明：我特别难想象你还没过三十。

小丽：你居然已经这个年纪了。

小明：这说明你也快到三十了。

小丽：生孩子有意思吗？

小明：又不是我生的。

小丽：那现在生活压力肯定特大吧？一个人供仨吧？

小明：你就希望我说压力大是吧。告诉尔，半点儿压力没有，特别高兴，儿子带来的全是欢乐。

小丽：噢，看来儿子降生以前不太欢乐。那现在生完了孩子，你的婚姻危机解决了吗？

小明：你打算生孩子吗？你瞅你也这个岁数了，卵子活力下降了吧？

小丽：嘴巴干净点儿——你一个广东人，生完儿子，生命应该就算圆满了吧。还有必要苟活着吗？

小明：不，我打算这两年再要个闺女。

小丽：……你论文写完了吗？

10

二人问候对方家人。

【表演核心：态度微妙，以"一个字说不好听起来就像骂人了"的谨慎小心】

小丽：你妈妈还好？退休了吗？

小明：刚退，去年过完年，我爸爸妈妈就过去帮忙看孩子了。你爸呢，后来一直在北京吗？

小丽：没有，我爸调回去好几年了。

小明：你妹怎么样？陈思，对吗？

小丽：你还记得她名字啊。她今年结婚的。结婚了。

小明：海政，后来去那儿了吗？

小丽：——她上大学了。早就上大学了，都毕业了，上班好几年了，现在都结婚了。她高中跑去考海政歌舞团，那都是十年前的事了。原来咱俩都分开十年了。平时不觉得有这么久，比对别人的生活才觉得已经过去这么久了。

【小丽噼噼啪啪哭起来，自己都始料未及。小明全是措手不及的熟悉无奈】

小明：你眼泪还这么大粒儿啊，这个当年我就发现了，特别佩服。

小丽：比你眼睛都大是吧。

【小明看着小丽，小丽看着小明。僵了一会儿，二人笑了】

11

二人在河边停住脚步，趴在桥栏杆上。

【表演核心：无所事事，态度淡薄中性。如同两个偶然碰上的流浪汉，刚因为抢食物闹过一场，但以有福共享的态度分食之后，已进入无欲无感的苍茫极乐世界】

小明：你胳膊上那道儿到底怎么来的？是不是猫挠的？

小丽：不是猫挠的，还是我挠的？我指甲间距有那么小吗？

小明：你过得究竟怎么样，婚姻幸福不幸福？

小丽：特别幸福。比你幸福。

小明：不像。

小丽：干吗没完没了问我过得怎么样？今早你发邮件说开完会吃晚饭吧，我说我回家喂完猫再来，结果落您老先生回一句"还养猫，你这是有多寂寞"。你们三十出头的已婚有子男人，提妇挈子过日子，结果看别人全是寂寞是吗？

小明：是想说提纲挈领，还是将妇挈子？建议你还是写英文。

真有流浪汉过来。小明表示没钱。小丽表示没钱。小玥表示，咱俩跟大学时比变化不大啊。小丽表示今生无缘做慈善。

小明：我问你是关心你，怕你过得不好。

小丽：那你大学毕业那年，怎么就突然抬腿去法国了？走之前还来撩我，在法国也偶尔打电话给我，我以为虽然分手了，但咱俩之间还有约定。我想，这是没说清楚，但说好了——这话没语病吧？一年多以后，情人节，你给我打电话，说买了花，正在去找女朋友的路上。我根本无所谓。那几年我自己也见别人。我觉得你我好像有个默契，晚几年会再在一起，你那些小的溜儿的，我那些有的没的都不重要。到那年春天，我才知道你是和在我之前的女朋友复合了。一下子就觉得不一样了。

小明：你本来也是要去欧洲读书，后来改成来美国，跟这个有关系吗？

小丽：情人节之后过了一段，四月，快热起来时，我才知道，你原来是早跟人家约好了，是双双赴法。我以为你是和新人瞎闹，没想到是和老熟人有长远的未来计划。家庭计划稳定，摇身一变成了family man。

小明：嗯，我的新身份。

小丽：真早熟。大学时，你要是那种打算很年轻就结婚的，我压根儿都不会跟你在一起啊。后来分手，我想以你的个性以后大概就是东混西混，不会认真。分手后我就没管你，任你自由游荡。谁知道你，啪，住一块儿了，啪，结婚，啪，儿子两岁了。大学的时候你多混啊。

小明：我是先晚熟，后早熟。

小丽：那年春天我真是过了一段痛彻心靡的生活。

小明：痛彻心扉的生活，嗯。你可以考虑写英文歌，歌词一般不太要求语法。

12

二人离桥乱走。

【表演核心：请两位演员想象没头苍蝇，积极模仿。俩没头苍蝇闻见若隐若现的黄油味儿，使劲往那美味的中心飞去，但方向准确性有限，特容易相互撞上，一撞着就怒气冲冲弹开】

小明：哎，这条街还挺有情调。比刚才那条沟强。

小丽：回忆起来，咱俩当时都没什么太有情调的事儿，没什么浪漫、值得记住的。不知怎么着就一块儿耗了一年半，当时还觉得特有劲。傻不傻啊。

小明：分手。分手值得记住，非常有意义。你突然一下子就把我甩了。

小丽：有意义的生活自分手开始，对吗……反正你去法国前，来撩我的时候，我挺后悔的，还想当初要是没分就好了。等后来，知道了你复合，就觉得分开是必然、必须了。

小明：我还真不记得你说的这些了，好像到法国前后那段时间过得有点恍惚。从和你在一起，到分开，那一年半记得清楚，整个大学期间就那一年半过得格外猛烈清楚。我发现热恋这种事占用脑细胞的量有点大。分开以后的事，我好像都不太记得了。

小丽：那一年半是热恋啊？你觉得咱俩那能算爱情吗？

小明：这些年我有时梦到你，当然都是噩梦了，醒来以后烦半天。但那几天基本能写诗。

小丽：后来我琢磨，咱俩那段是不是属于没长大，不算真感情，是小孩过家家，puppy love。或者我们谈恋爱是一个误会，一个最终澄清了的误会。

小明：你是puppy，我当时都二十多了，还puppy啊。我们那是真感情。不过是不健康的感情，病态的。

小丽：……这是你今天说的第一句中肯的话。你当时擅长甜言蜜语，张嘴就来。我就是被甜言蜜语给蒙了。

小明：现在也擅长。你看你都磨腮了，状态不错，我可以现场献你一句诗，颂扬你。

小丽：嗯？

小明：总是平白无故地，难过起来。寂寞难耐，三十岁就快来。

小丽：……

小丽：后来知道你是回去和前女友在一起，完全改变了我对咱俩这破事的判断。本来我觉得以后多丰会有个结果，即使没结果，也是一段影响生活的关键感情吧。结果你是复合了，我想，敢情那一年半是你犯的一个错误。等于你走了段弯路，又回去正道了。那咱俩那段还有什么意思°闹了半天，结束后我这边是伺机而动，你那边是痛定思痛。

小明：你意思是说，这么看我们那一年半属于我出轨了吗？不是出轨。我是认真相处，本来打算好好的。

小丽：那就是副线、歪路。

小明：本来是主线。分手是意料之外。你自己知道是尔硬要分开，你那几个礼拜还跑回家去了，我堵你都找不到。当时我多难受。现在也不愿意想起来。

小丽：甭想了。反正各自都高高兴兴结婚了。

小明：够巧的，我老婆跟你一个名字，你老公跟我一个姓，字数都一样。

小丽：你是建议咱们四个死后埋一块儿？

13

二人问候彼此性生活。

【表演核心：丝毫不淫荡。类似于单位大院里，保健医生问诊退休老干部】

小丽：你那一大家子老老小小闹闹哄哄的，还怎么生闺女啊。

小明：你还是关心自己的生活吧。

小丽：我的生活很正……确。

小明：好歹你前男友是中文系的，你当着他的面这么胡乱用词，考虑过他的感受吗？

小丽：但你在中文系那四年也并未去上课啊——我真没想到你会一直念书，做研究到如今。我想象里，你三十岁的时候大概会是诗也写废了，歌也写废了，最后回广州在父母家楼下开个美甲店。你父母住……中怡城市花园，对吧。

小明：我也没想到你能一直读书啊。你怎么就一路读下来了？

小丽：在一起的时候，不是你说我以后最好做研究的吗，说人还是该严肃起来，让我静一点，少闹腾，多看书。专业也是你建议的。你让我改的毛病我都改了，让我做的我基本都完成了。结果，静了，念了，找不着你人了。

14

二人站在街角一个褐黄色砖石建筑下。风中有不明所以的味道，几乎可以算是香的。小明四处张望，小丽仰头，看向楼顶。

小丽：你还抽烟吗？这儿倒适合抽根烟。

小明：结婚以后戒了。你还抽烟？不对，应该说，你开始抽烟了？

小丽：我生活健康着呢，早睡早起，不烟不酒。

小明：准备生育啊这是。你想没想过假如咱俩有孩子，能长什么样？

小丽：我绝不可能去那样迫害自己的基因。你忒丑了，不能让你影响下一代。

小明：……你还是对我的婚姻生活有非常深远的影响的。

小丽：啊？

小明：因为当年跟你的沟通太差了。我结婚以后觉得沟通太重要了。

小丽：……

15

两人狠走，不过速度慢了下来。俩专业写论文的三十岁傻×，狂走一个小时挺累的。

【表演关键：主要还是找演员时得注意，绝不能挑好看的，千万别挑身材好的。最好选那种一看疲劳、生来年老的】

小明：在我这边，是自从分手，我就觉得不可能了。不可能复合。

小丽：为什么？

小明：毕竟是你把我甩了。分开时太难受，我挺过去不容易。等到挺过去了，就过去了。

小丽：没想到你觉得分手就是彻底分掉。我当时本来是想我们吵得太厉害，太年轻，分开能冷静一下，等成熟一点，过几年再看看怎么样。

小明：变化是预料不到的。不该那样计划，不现实。当时假如没分手就好了，其实也就继续下去了。

小丽：但要继续下去的话，肯定还是吵，最后还是分。

小明：对。

小丽：咱俩确实不合适。

小明：咱俩确实不合适。

小丽：我真是被你改造了。其实你不是把我变成了你喜欢的样子——我现在也不知道你喜欢什么样儿的，你是把我彻底改造成了你自己。我现在实在是挺像你的，拖拖拉拉，没什么责任感。眼高手低和胸无大志这两条居然能同时满足，也算稀罕。

小明：行吧，我看到你，就像看到自己缺点的集锦。

小丽：我是到那个情人节后的春天，听说你和以前女朋友在一起，已经在法国过上家庭生活了，才觉得不再可能。就明白分手不是说两人各自成熟一下，等两年回头接着来。也觉得你复合了就说明你我那段对你来说不算关键感情，相当于你短暂犯了一个错误，猪油蒙心。

小明：美色所惑。

小丽：既然不是你的关键感情，也就没法是我的了——这玩意必须得是相互的对吧。无论是我未来的计划，还是对你我以前那段关系的看法，都变了。一下子觉得前面那几年空了。你我在一起的时间，分手后我自以为逐渐成熟的过程，都没有了意义。这感觉，我朋友基本都不明白，他们说："你不是本来也知道他在法国有女朋友吗？你不是自己也找了男朋友吗？你也没等他啊，怎么他女朋友具体是谁，就那么重要？"我讲不清楚，我觉得已经特别清楚了，没法进一步解释。

小明：嗯。

小丽：只有我大学同寝明白，我都挺意外的——我俩是好朋友，但一般不聊感情。知道你女友是谁的那天，我不是给你留了个言吗？你给我回了电话，没说几句我们就挂了。已经挺热的了，可能四月份了，晚上我和她一起出去，穿过西操场，向荷塘走。经过强斋和静斋中间的小路，进了荷塘，我开始跟她讲你的这个电话。

小明：——别说了。我听这些地名不得劲。

小丽：还没走到钟亭那座小山呢，她就都明白了。她就明白为什么之前我无所谓，为什么我知道了这个就死心了。特别快，立刻就懂了，你说多奇怪。

小明：咱俩应该什么时候一起回一次学校。

小丽：不可能。

小明：今天能知道你当时的想法，我挺高兴的。分手后那两年，有时候你对我不错，我怕你是戏弄我，没当真。有人跟我提过一次你的想法，孤证，我当时没信。

小丽：你现在也不应该信。

16

还说了很多其他有的没的，惊讶于这个人提起来的事，那个人能补上后一半，虽然这些小事从来没有重要过，平时也并不想起来。好像在很年轻的时候，热烈地过了一两年，之后就散散漫漫、懒懒惰惰、随随便便地过下去了。藏有记忆的那部分大脑锁在仓库里不见光，拿出来太阳一晒，又被照亮，然后就裂开，化了。

【我就这么一写，你也信啊】

17

在小明宾馆门口的路边，二人告别。小明站在人行道上，小丽以找死的姿势站在马路上，汽车道旁。车子飞驰而过，离小丽特近，擦她背后过去。一辆黄色出租车主动停在她身旁。

小明替她打开车门。他站在人行道边，伸长手臂朝马路上的出租车弯腰，姿势别扭。小丽后退一步，把一只脚架在人行道上，离他、离车都远了。她把手提包甩来甩去，一副没着没落的样子。

小丽：哎，你站这马路牙子上还挺高的。总算能明显比我高了啊。

小明：你们这路面不行。我要在巴黎比这高。

小丽：这几年我去巴黎，到过你们学校几次。狠打扮，觉得兴许能撞上你。哪知道你躲在郊区当寓公。

小明：家庭型，基本不进城。

小丽：太没出息了。

小明：每晚十一点，老婆儿子睡觉了，我开始写论文。

小丽：蝇营狗苟的生活。对得起你受的教育吗？

小明：用不好成语就别说了。

小丽：再见。

小明：再见。

结 伴 而 行 的 青 春 ／ B E E 0 3 3 0

R 小 姐

文 / 王琪 90后外企职员 @一直找不到好ID

我认识R小姐时间不长，不过一年而已。

她长得不算好看，身材不够火辣，没什么特别的故事、传奇的经历，更没有过什么惊天地泣鬼神的爱情。她就是那种扔进人群里你找都找不到的人，平凡到就是所有的作家、编剧、导演都不愿意用的人物原型。

R小姐比我大两岁，在过去的二十八年里，过着白开水一样的生活。她是家里的独生女，在首都读的大学。毕业之后，父母希望她留在家乡那个偏远的镇上工作。那时候她已经在毕业生招聘会上被一家不错的公司看中。毕竟是逆来顺受的性格，她连反抗都没有，就同意了。

拿完毕业证书，收拾好东西，四年前怎么样出去的，现在又怎么样回来了。一切仿佛都没有改变，甚至连出去的时候就坐在村口送她的那个有点痴傻的老人，现在仍然坐在村口迎接她的归来。

回来之后，不是师范毕业的她，靠着英语八级的强硬功底，在镇上唯一的一所小学当英语老师，从三年级带到五年级。当然，学校一共也没几个学生，没几个老师，所以很多班级都是混在一个教室上课，这半边上完课布置好作业，就去那半边上课。这样每天倒能节省下来一半的时间。大部分空余的时间，她都喜欢坐在办公室看书，或者用那台还是大学兼职挣钱买的笔记本电脑看电影。

毕业三年，日复一日地教书，虽然清闲，倒也敬业。她还曾得到过市"优秀教师"的称号。只是隐隐约约总觉得生活不应该如此，她仿佛能看到自己老了的生活状态。这样的生活，二十岁就能把一辈子一览无余。

后来父母给R小姐安排相亲，对方高中毕业之后，适逢家乡建厂，于是留下来工作。几年下来，也混到了技术主管，一个月工资能拿几千，在那样一个地方，这算是不错的收入了。至少在父母看来，要比花了那么多钱念书最后也只是一个月两千块工资的老师强。

晚上吃饭的时候，对方问R小姐，平时喜欢干什么。R小姐说喜欢看电影。对方问什么电影，R小姐又改不掉一提电影就刹不住车犯花痴的毛病，一口气说了好多以前跟大学室友一起追过的好莱坞大片以及电影明星。对方又问，最喜欢干什么。本以为可以听到一件跟自己生活贴切的事，没想到R小姐酸溜溜地说，她最怀念的，不过是曾经跟朋友一起在北京西五街看满地杏叶的换季表演。对方满是讥讽地说，你这样的人，怎么在这里待了三年的。最后这顿晚饭，吃得不欢而散。对方嫌R小姐装，而R小姐也挺委屈。因为她说到她最爱的作家时，对方问她是不是演电视的。甚至她说给朋友发微信，对方问要不要贴邮票。后来R小姐就有了离开这里的想法。出去看看吧，至少摆脱日复一日的生活。

她开始急切地想摆脱这里，这个被她称为家乡的地方。相完亲之后的第二天，R小姐就向学校递了辞职信。

回家之后，她生平第一次对父母说了"不"。面对一向乖巧的女儿突然的反抗，父母失了方寸，母亲痛心疾首地哭诉自己如何把女儿拉扯成人。可是她是铁了心地不想回头，把自己的银行卡往父亲手里一塞，背了几件衣服，拿着两千块钱，就买了一张到上海的火车票。真是有一种不撞到头破血流，或者即使撞到头破血流也不回头的气概。一直到她走的时候，妈妈都没有跟她说话，爸爸把她送到车站，说要体谅一下你妈，她就是不舍得你一个女孩子家在外面这么拼命。R小姐又何尝不疼她妈妈呢。虽然嘴硬，可是走的时候还是偷偷在妈妈的枕头下面放了一千块钱。

在去上海的车上，她一个人哭得像个傻子。

到了上海，R小姐站在火车站巨大的南广场上，此时刚好下完雨，一抹阳光透过广告牌照在R小姐的眼睛上，她用手挡了挡，然后看着背着行李或匆匆赶路，或喜悦而归的人们，突然有点伤感。她觉得自己象一叶浮萍，一脑袋撞进海里，浮浮沉沉，无边无际。

来之前R小姐联系了她的一个大学同学，虽然工作还没着落，至少有个落脚的地方。朋友住在浦东最郊区，到市里坐地铁将近两个小时的路程。R小姐打电话给同学询问过路程之后，就去地铁站买票。当她拿着八块钱的地铁票时，心里默默地骂了句脏话。那是R小姐第一次感受到魔都给她的生存压力。后来R小姐每天就是来回十六块这么往市里跑找工作的。

很快，凭借一口流利的英语，R小姐得到了一家外企的青睐，做前台外加英语杂志校对工作。我们就是那个时候认识的，在差不多的时间进入同一家公司。

刚开始是试用期，没什么工资，R小姐厚着脸皮继续在同学家里蹭住。所以每天挤两个小时地铁上班，下班又要挤地铁回去。那时候的状态，就是出门的时候天还没亮，回家的时候天已经黑了。她倒是一点都不在乎，还把空间签名改成："阳光不爱我，因为我永远都不曾见过，他们在阳台上跳舞的样子！"我们笑她酸，她说你不懂，这叫情怀。

好吧，我不懂尔的情怀，我只知道昂贵的地铁费没办法用情怀解决。

最后无奈之下，R小姐问同学借了钱，到公司附近租了个房间。说是房间，其实就是个床位。上下铺，一个房间住好几个人，每个月五百块钱。虽然拥挤，但却是自己的一个窝，跟住在朋友家可不一样。用她的话说，就是浮萍贴上了一艘船，虽然不指望能带她上岸，至少不再感觉虚无。

若在古代她一定会是个酸秀才，这是我给她的评价。

刚开始，R小姐付完每个月房租水电费再加上添置一些新的生活物品后，几乎很难维持自己的生活。为了省钱，她每天步行两站路到公司上班，周末也都窝在家里不出去逛街。偶尔我们请客，吃不完的饭菜她总要打包带走，第二天再带到公司当午饭。除了这时候，平时几乎看不到她在公司吃饭。我们有时候一起出去吃，大家AA，她也从来没参加过。

有一次午饭时间，我出去之后发现自己没带手机，于是回来拿，正好看到她在小会议室吃午饭。我兴冲冲地闯进去，说："哎呀，终于看见你吃饭了，我还以为你不食人间烟火呢。"R小姐尴尬地看着我，被我吓得放下筷子的手突然不知道要放到哪里去，于是握了握拳头，又重新拿起筷子。这时候我才看清楚她的"午饭"。

早上煮的面条。没有西红柿，没有鸡蛋，也没有青菜，只是面条。放在塑料饭盒里，经过一上午的膨胀，已经变成一碗"面团"。在微波炉里面热一下，就是她所谓的午饭了。饭盒上印着一只吐着舌头的小狗，那狡黠的眼神仿佛看穿我同样尴尬的情绪，嘲讽似的对着我笑。

后来，我没有叫R小姐出去吃过饭。因为吃久了，总是碍于面子要请客。在公司叫外卖，我也总是多叫一份菜，然后嚷嚷着我要减肥吃不完。

还有一次，公司聚会，抽奖的时候R小姐抽到一个PRADA的手提包，那大概是R小姐拥有的最贵的东西了，比她的房子还贵，甚至，可以让她付两年房租。可是，毕竟那也只是个东西。甚至，不需要任何努力就受人追捧的东西。于是R小姐有点伤感。本该细细去品味的高档红酒，被她当成矿泉水灌。都说心情不好的时候不能喝酒，真的，她喝了三杯不到就彻底晕了过去。不得不提，晕过去之前还吐了我一身。我穿的白色衣服。

我也有点微醺，于是干脆坐到旁边照顾不省人事的她。结束后，我跟另外一个同事打车把她扛回家，那时候，我才第一次去她的新家。

十平米不到，三张上下铺，住了六个人。我想上个卫生间，赫然发现里面有个男士。洗手台上全部是插着五颜六色牙刷牙膏的杯子。沐浴露大概也是共用的，因为根本分不清哪个是自己的。有个女孩儿在厨房做饭，没有油烟机，所以房间里到处都是油烟味。走了两步，感觉脚下有东西，低头一看，不知道是谁的拖鞋，就放在两张桌子中间的那条狭小过道里。

R小姐住上铺。床上干净整洁，还细心地挂上了蚊帐。热心的室友说把自己的下铺让给她。把她抬到床上，盖好被子，刚准备出门，只听"哐"一声，她掉在了地上。好不容易把她重新抬上去，"哐"，又掉在地上。如此反复大概三四次，R小姐终于摔醒了。然后就开始抱着我哭，歇斯底里地哭。

哭吧，憋得够久了。

我一边给她擦脸，一边尴尬地看着门口惊讶地过来察看情况的室友。突然R小姐就停止了哭泣，吐着口齿不清的句子问我："琪琪，我是不是傻？"
"怎么会呢？"
"在家里那么清闲的工作不做，爸妈那么多的疼爱不去享受，我跑到这个鬼地方来干吗！"
"因为你喜欢的东西，家里没有。"
"对，我喜欢那些虚无缥缈的东西，我喜欢上海的生活，醉生梦死，灯红酒绿，我特么的就是虚荣。"

我大概能理解她的苦。一个人在外，家人不理解她，也没什么朋友可以倾诉。如若不是借着酒精发作，她暗地里又得咽下去多少苦楚。谁又真的理解她？

可是，即使是如此艰难的日子，R小姐也从来没有想过放弃。刚转为正式员工的时候，我跟R小姐出去庆祝，虽说来到上海有一段时间了，但她一直没机会出去逛过。吃完晚饭之后，我带她去外滩看夜景。她就趴在黄浦江的栏杆上，看着对面灯火璀璨的陆家嘴和豪华的观景游轮发呆。

过了很久，她突然问我："你知道上海为什么叫魔都吗？"

"为什么？"

"因为它是伪装成天使的魔鬼，总让人欲罢不能地想要得到它的青睐，但你知道，从来没有人被它宠幸过，或者，它正在宠幸每个在它怀里的人。"
我回头看她，正好捕捉到她眼底一闪而逝的光芒。

"对吧，它总有能力让我爱上它。"

"可是你有没有想过，每天都有很多人到这里，希望借它的包容性来完成自己的梦想，可是，每天也有很多人迫于无奈离开这里。他们在这里耗了一阵子，甚至耗了一辈子，最后发现自己仍然是个普通人。"

"所以他们回去寻找被这里摧残了的优越感吗？"

"至少在家里，你是个受人尊敬的教师，是为数不多读过书的人，虽然不至于太富贵，至少生活不会太窘迫。"

"那就耗吧，大不了耗干了青春，最后也就一个字，两横一竖，干。"

"那你有没有后悔来这里？"

"后悔什么？我就是为了证明，爸妈眼里那些自以为好的生活方式，未必适合我，而他们觉得疯狂的生活状态，我未必就过得不快乐。"
当时我没明白她的话是什么意思，只知道如果是我，至少得再贴三层皮才能说得出这么矫情的话来。

那晚，R小姐一直在笑，对着游船上的游客挥手，踩着地上的灯跳着走路。习惯生活在只有一排路灯的地方，突然看见一座没有黑夜的城市，R小姐的眼底满是惊喜与坚定。仿佛心里默默地下定决心，让我觉得，以后无论什么困难，都不会成为她退缩的理由。

但如果命运这么好掌握，那就不叫命运了。

公司行政专员怀孕辞职，公司看R小姐这么努力，所以想提升她来顶替。当所有人都以为来自贫苦家庭的她就要通过自己的努力逆袭的时候，命运跟她开了个玩笑。我是在出差回来的高铁上接到R小姐的电话的，她说她要回去了。

"你开什么玩笑！听说公司提你做行政专员啊，我还没来得及恭喜呢。"

"你说得对，有些人再怎么坚持，也只配做个普通人。"这个时候我才听出来她声音很低，说不出来的沉重。

"出什么事儿了？"

"我家失火了，妈妈重度烧伤，现在在医院抢救。"

我脑袋"嗡"一声，好半天没反应过来。

"当初跟妈妈闹掰了出来的，这一年也没给她打过电话，都是听爸爸说她身体一直很好。你说，身体这么好，从来不生病的人，怎么就被火烧了呢……"听得出来R小姐在强抑自己已经嘶哑的哭腔。

"我现在已经在回去的路上了。想回家好好照顾妈妈。她还健康的时候，我没有好好孝顺她，以后一定好好照顾她。"

"你还可以回来啊，等你妈妈康复之后，再回来。"

"不了，我想多陪陪妈妈，医生说即使治疗好了，这辈子大概也不能下床了吧。况且这里不太适合我，也许我还是适合在家里教书。你还年轻，家里都支持你，好好加油吧，有机会我会回来看你。"

我回到上海的时候，R小姐已经走了。没什么行李，跟来的时候一样，带了几件衣服，回到了她一直想逃离的地方。一年了，就听R小姐哭过这么两次，一次是释放奋斗过程中无尽的委屈，一次是感叹命运的无常。

百度百科说：不能改变的过去以及无法掌控的未来，叫做命运。如果可以这样解释，那R小姐的命运至少曾经被她手握一半。也许R小姐以后还是会跟一个不懂电影、不会英语、不爱看书的男人结婚，然后在他慢慢发福的身材中耗尽自己的理想。但不管怎样，我都祝福她，因为曾经在我面前说要征服自己的她，是如此生动。

夏日烟火 ／ 象牙塔

东极岛
少年往事

文 / 韩寒 作家 赛车手 导演 @韩寒

这是几年前打算写的长篇小说的开头，
这本小说暂时定名为《东极岛少年往事》，也是电
影《后会无期》的灵感来源。没有往下写有很多原
因，我就不说了。也许有一天会继续，也许就是
这样。如若无续，大家就把它当成散文一篇吧。

让我来说一下我自己。我最喜欢游泳，因为很多人不会游泳。我将是这个岛的接班人，我们德高望重的老岛长会把这个称呼传给我。本来这个权力属于我的父亲，他强壮聪颖。按照规矩，岛长去世以后，我的父亲就将掌管这个岛屿。不幸的是，岛长活的时间太长，我父亲死了他都还没死。出于内疚，我被隔代"遗传"了。但是岛长看来还可以活很长一段时间，当然，我们这里没有人希望他去世，因为他真的太好了。他让我们这个岛遗世矗立，充满大鱼。

在他将近半百的时候，才成为岛长。当时他说：让我去陆地上面看看吧，我看看我们能和他们交换一些什么。但是很快岛长就失魂落魄地回来了。岛长说：陆地上太可怕，我们这里至少还有鱼。过了几年后，岛长觉得还是应该和外面的世界进行一些援助交际，他再次动身。但是很快岛长就失魂落魄地回来了。岛长说：陆地上太可怕，我们这里至少还有人。

这两次不凑巧的"相亲"，让岛长对陆地充满了恐惧。听了他的描述，我们这里的人很少离开岛。爷爷在这里有着至高的威信，他曾经捕杀鲨鱼，并且把鲨鱼肉分给了大家，自己就留下鲨鱼鳍；他曾经对抗海啸，并在海啸里救下岛上的很多个小孩。这里是怎么选岛长的呢？似乎是住在最东边的那家就是岛长，也有可能是当了岛长就可以挑地方，所以住在最东边，反正这事没有人告诉我。

让我来说一下这个岛。这里叫东极岛，是这个国家最东面的一个岛屿，是这个陆地最遥远的一粒饼干屑，是这只公鸡上最不起眼的一粒鸡米花。太平洋的风率先扑到我们岛上，我的房子矗立在这个岛东边最平坦的泥土上。我的窗口比我的门大，和你们不同的是，我的窗永远打开，只有起风的时候，我才关上；但你们的窗永远关着，只有起风的时候，你们才打开。

当我没有事的时候，我一直站在窗口。我的窗口向东，我的门口朝西。我们的阳光永远那样充足，一直到未来我才知道，原来你们的门窗都是向南的。我的房子的南面是一堵墙，但我还一直嫌它太亮了。其实我一直不知道方向，我只知道窗户要对着太平洋，这样我就是这个国家第一个吹到太平洋的风的人。在岛的另外一边也有房子，他们面向的也许是南海，也许是东海，但从颜色上来说，那更像黄海。但谁管它呢？因为当你从窗口跳下去，就能在太平洋里游泳的时候，你永远不会对海里发生了什么感兴趣。

让我来介绍一下我的朋友。他叫胡来，他有一个哥哥，他的哥哥就胡去。他的父亲是个渔民——我们这旦只有渔民。当年胡爸爸和他妈妈云淡风轻的一炮，不经意间就有了胡去和胡来。他妈妈是一个农民，农民在我们这里是很稀有的，农民的地位也很高，而且持续很高，因为我们鱼多菜少。胡妈妈是唯一一个可以用海水来种菜的，要知道我们这里淡水是很珍贵的。胡来和胡去都叫我长官，那是因为我们一起看过香港来的小人书。可是这些也都是我们私底下的称呼，其实哪里有什么长官和岛长，都是一些习俗罢了。几十年前，这里就已经有了人民政府，还有驻军。据说，这里有重要的军事价值。有了政府和海军以后，这里就有了柏油路，以前这里只有青砖路。有了柏油路以后，车开起来就舒服多了，不过唯一的问题就是，我们这里没人有车。

我第一次见到的车是一辆军队的绿色吉普车，就在离海最近的公路拐弯处。我"哇"一下，对空气说：好漂亮啊，我要再看看仔细。于是我就跳上了那时的马路，站在中间，凝望着这台行将消失于远方的汽车拼命招手，说：回来，回来，回来。于是"咚"的一声，我被后面跟着的军用运输车撞倒了。我视线模糊前看着这辆卡车，喃喃着：你长大了。军哥哥们把我带去了他们的医务室，我右肩被缝了很多针。我很感激那个给我缝针的姐姐——但是她也没告诉我，线是要去拆的。

那是我唯一一次去那个神秘的地方，后来我们还是在熟悉的土地上玩，但是我们学会了过马路。部队的汽车也开得很慢，在这里他们没有什么着急的事情。我和胡来常爬到山头上看他们出操和打炮，但我们就一个问题争吵了很久，那就是人民政府和部队究竟哪个大。我们都知道，岛长是不大的，虽然他们都在这个岛上。据老岛长说，在人民政府来到这个岛上的时候，大家都希望人民政府把东极岛定义为省，但是最后这里只是县，大家都颇感失望。政府来的人说，你们就一千多人，还想叫省，你们还是省省吧。我们当然也希望是省了，那我就是省长了，但是你们只有几百户人家，那么小的地方，叫县已经很好了，本来应该叫村的。因为你们地理位置特殊，是祖国的排头兵，才叫得成县。老岛长一时时空错乱，问道：那你是朝廷派来的县令吗？

据说，这里自从有了人民政府以后，有了不少新时代的生活设施，一直到后来，有收音机、电视机，也没和陆地上差十几年。而且这里的县长也不太管事，也就这么几百号人，本来就是一个渔村，三百多年前为了逃避康熙年间的迁海令，大家不愿内迁五十里，才逃到了这个无人的小海岛，有了属于自己的一套生活。最初来这里的几个行政人员都是来养老，但是他们发现海风把他们吹得更老，所以现在的行政人员都是海岛上的自己人。

其实我没有那么与世隔绝，我们的生活与外面的世界只是有着几年的延时而已，其他的一切正常。我们默认的岛歌是《太平洋的风》，那是我们学校从陆地来的音乐老师教我们唱的。他说，这首歌是他写的：最早的一件衣裳，最早的一片呼唤，最早的一个故乡，最早的一件往事，是太平洋的风，徐徐吹来，吹过所有的全部。

胡去和胡来两个人是音乐老师最头疼的，他们虽然统称"二胡"，但完全没有音乐细胞。音乐老师也不喜欢我，因为我不喜欢唱歌。音乐老师惋惜地说：等你们到了陆地上，连音乐都不会，拿什么来慰藉啊。胡椒是我们这里唱歌最好的，她不是胡来和胡去的姐妹，也不是辣妹。她只是一个唱歌好听的女孩。我们这个岛上基本由两个大姓组成，一个是胡，一个是何。我也姓胡。当年我爸爸妈妈都是这个岛上的新潮青年，是第一个把胎教带到这个岛上来的，再加上爷爷是传下来的岛长，他们生我的时候一点都没有马虎。我的爸爸为了我受精的这一天禁欲健身，我的妈妈在怀上我后一直听着音乐，他们为我的诞生做了精心的准备。我的名字叫胡生。

江河湖海，可能"何"天生要比"胡"小一些，我认识的女孩子都是姓何居多，岛上最漂亮的一个姑娘叫何禾。这里的名字都是单名，是因为这里的风大，单名更好喊，而且这里的姓氏少，所以大家都习惯了只喊后面的名，站在楼上一扯嗓子，整个岛几乎都能听见。我就叫"生"，我听到的最多的就是"禾"。因为何禾漂亮，所以在放学的路上所有的男生都喜欢和她玩闹几下，她走路又慢，所以回家总晚。至于我的邻居兄弟胡来和胡去，因为名字比较纠缠，就会麻烦些，反正我老听到他们的妈妈在那里喊　快来，去。去吧，来。

后来有人从上海带来几本书，何禾看完了以后说：你看，大都市里的人都只叫别人的名，不叫别人的姓的，和我们一样。你看这行："安，你好吗？童问道。"何禾合上书，说道：我们会很快地融入大城市的，如果我离开了这里。

这符合自然规律，故乡总是留不住漂亮的孩子。可至少我、胡来、胡去，我们三个没有一点要走的意思。我们喜欢出海，但是前辈们再不让我们跟着出海。在电视机普及以后，他们就说：要出海，没出息。至于什么是有出息，他们还没想太明白。爷爷说：他们呀，总是觉得小孩子背井离乡，老头子衣锦还乡就叫有出息。成天看着太平洋，还觉得自己眼界不够宽；什么鱼都认识，还觉得自己见识不够多。

我对这个问题没有任何的感觉，我只是天黑就睡，天亮便起。我房子的门有些锈了，我怕它割破我的手让我患上破伤风，所以我每次都是跳窗出去。我的父亲就埋葬在窗下，我每次出门都要踩我父亲一下，真是很对不起他。但我是故意将他埋在这里的，一来他永远睡得比我更接近大海，二来我踩着他的坟更容易爬窗。胡来胡去的爸妈曾经来找过我爷爷说这事，说胡生这么做有点不孝。爷爷说：胡说，孩子他不踩在父辈的身上，难道要像有些人那样，把脚踩在后辈的身上吗？

我们不懂他在说什么。

烟 ╲ 象牙塔

me 'n' my beloved

王琪：我喜欢魔都

顾颖：我喜欢大英博物馆

陈麒凌：我喜欢呼伦贝尔草原

马頔：我喜欢你在南方的艳阳里 大雪纷飞

陈谧：我喜欢Yiruma《kiss the rain》

Mllm：我喜欢写给郁结的诗

耀一：我喜欢姐姐沉默的守护

刘官希：我喜欢凤梨和桃子香的菲格拉慕香水

张信宸：我喜欢我与世界只差一个你

方慧：我喜欢小说和一切无所事事的好天气

大冰：我喜欢什么不重要 重要的是

　　　 我是否有魄力去喜欢 是否有努力去触碰

　　　 是否有定力去坚守 是否有能力去取舍

　　　 是否有权力去选择

篝火 / 象牙塔

我 们 这 一 生，
会 是 怎 么 样 的 一 生

文　　蔡崇达　作家　媒体人　@蔡崇达

幻灭感时常浮现，当你面对的是那种老人，那种需要你用"很久很久以前"这样的开头去叙述的人。那次在青海采访，我时常恐慌，特别是面对追随慕生忠将军踏勘青藏路的马作良，和那个最早进驻格尔木七人工作小组之一的王超林时。

每一代人里总有许许多多这样的人，只不过每个人故事的结尾不一样，而我们只会崇敬那些成功的，遗忘甚至蔑视许多本应该尊重的人。

他们两个就是那一代里不安分而且有理想的人。一个原来是农民，一个读到初中成为当时很突出的知识分子。他们和现在很多自以为了不起的人一样，不安于父辈习惯的生活，一个选择加入从青海运输物资到西藏的骆驼队，一个则到了当时一个人都没有的格尔木。其实自以为理想主义的我们，或许还没有他们那样的豪气和勇气。

然后五十年过去了，他们面对着我，讲述他们的一生。

马作良随骆驼队在世界最高的高原上走一条前人没有走过的路，一路上不断有同伴饿死冻死。好不容易活着回来后又被派去修青藏公路，然后驻扎在这个无人区的某一个地方。食物是路过车辆扔下的馍馍，没有帐篷，有野兽和暴风雪，就这么过去了几十年。等到全身都被折腾到几乎无法动弹的时候，他回到了格尔木，平静得像普通的困顿老人坐在养满鸡鸭的庭院里——这是当年他第一次到格尔木扎营的地方。外人不知道他的故事——我是在礼拜时间到当地的清真寺问到他的，两百多个老人围着讨论了很久才说马作良好像修过公路。大部分只知道他是个糟老头，他的亲人甚至不愿意听他的故事，我采访他的时候，他孙子回来，用几乎讽刺的语气说"憋了很久了吧"，他的后代怨恨他选择的路——这是他的一生。

王超林住在西宁的老干休养中心，那是个没有贴外瓷砖的、简单的筒子楼。他平时不出门，也没有人找他，所以对于我的到访特别开心，甚至第二天我约定十点再去找他的时候，九点就在门口等。他刚到格尔木的时候，这里有成片半人高的水草，有突然蹿出来的黄羊，还有虎视眈眈的狼群。他们没有食物，工资买不到任何东西，每天四处找食物顺便宣传政策。他幸运些，后来当了文化局局长，退休之后到了西宁。虽然和当年的同事都在一个院里，但他过的是封闭的生活。他说这些年来，因为我他才第一次去寻找当年的同伴，也才突然发现，他们都死了。

他们都死了。我记得很清楚，他重复了一遍，很平静。采访完的时候他突然问我：你去过河南吗？他是河南人。我说我去过。他问我：你说我现在回去好吗？我说：很好啊，变化很大。但他许久没有答话，就说：算了，我太老了。——这是他的一生。

我本来没有打算写这个东西，如果不是看了好朋友小强拍的《后海浮生》。故事很动人，最打动我的地方在于，他描绘出了后海边一个个对未来充满憧憬然后如此艰难迈进着的人。他拍的片比我的文章好太多了，我看着很揪心。

时常接到来自老家的文学青年的电话，他们找到我都是希望我能帮些什么，甚至有个小女孩叫我把工作让出来给她做，她说她肯定会比我有天分。

很多文学青年都是梦想太过庞大、表达太过直接的人，所以有时候显得很可笑，有时候显得很动人。另一个小女孩，整天和我推销他的男朋友，我厌烦了，她又换个方式。有一天突然发一篇文章给我——崇达，你是否觉得这篇文章太好了，很让你惊讶吧，我也是偶然看到的——她还特意混淆，不告诉我是谁的作品。其实那文章真的不好，这个时代的文艺青年没有经历过多少事情，攥着青春的一点懵懂和苦闷以为发现了这个世界的好多秘密。最终，我干脆不再继续这个话题，就说了句：我也无能为力。一个天才表现天分的方式是，在恶劣的环境下他能解决好问题而且做得比别人好。我知道这句话很无情。

我运气很好，所以很恐慌，也很遗憾在对自己的未来还把握不定的时候，实在没有耐心帮我其实不认识的人。虽然我知道他们需要帮忙，不过我想，其实他们并不相信我。当我撇下工作很努力地劝说他们时，他们很封闭地觉得我不欣赏他们是因为我的态度，而不是自己的因素——他们认为自己是这个时代的天才，只是没有人成全。

之所以从那些老人的一生想到这些人，是因为我想告诉他们也告诉自己，大部分人都在梦想着也都在努力着，想象越庞大渴望越强烈，我们就越容易焦躁不平，觉得别人得到成全了，为什么自己没有？其实当我们一厢情愿地飞蛾扑火般前行时，凭什么命运和别人就一定要为我们让道呢？而且我更多看到的，是梦想狂热的人没有反思自己，一味要求别人因他们梦想的真诚而感动而成全他们，这种想法是多么投机而且蔑视别人的努力——努力着的不只是你，渴望达到自己理想的不只是你，现实困顿的也不只是你，其实你没有特权要求别人或者憎恨社会。

每个人在十六岁左右开始幻想自己的生活，二十岁展开，二十四岁左右开始因为现实而迷惘。有的人找到自己的原因，有的人认为生活对他不公，最后归结为运气。然而其实都无所谓——几十年过去后，大家都活下来了，谁又真比谁快乐？

如果文艺青年真的如宣称的那样为自己写作和生活，那你应该是无比快乐的。有几个人懂得如何为自己生活，如何为自己写作呢？我们共同面对的最大的问题，不是为什么达不到所期望的生活，而是不知道要怎么去面对生活——当然我也不知道。

这一生怎么过，好多人都有自己的意象和臆想。更多人其实知道的不是自己要怎么过，而只是努力参照自己的臆想去过——车子、票子、名气或者知己。梦想和冲动是年轻人最容易让自己亢奋让自己努力让自己觉得充实的东西，然而或许这真的不是好的生活方式，或者说，不是唯一的生活方式。

我后悔没有问马作良和王超林当时选择到西部的原因，我知道那个故事会纯粹到让很多自以为热血沸腾梦想无敌的人（包括我自己）汗颜。不过我想，那个故事和他们现在的生活一对比，或许也会让我焦灼到恐慌，年轻的我或许无法接受，在梦想和狂热的彼岸竟然是这样的一生。

说这么多，其实并没有结论。我是想借此告诉好多受困于自己太过美好的想象和太过让自己难受的现实之间的人，告诉他们，我也一样，而且很多人都一样。事实上我们都是学生，才刚开始学习生活要怎么过。甚至很不幸的，五十年后对别人诉说这一生的时候，我们会发觉，有的人按照自己的设想活了，但一生还是很潦草；有的人狂热了一辈子，却什么都没有做成。但是这些都不是让现在的自己难过的理由，因为生下来就得活下去，各种方式，各种理由。

最重要的或许是自己相信吧，相信了就不要不满和怀疑。

姐　　姐

文　　耀一　作家　编剧　@鞭具蛋挞耀一

01

七夕夜。苦逼刷剧本中。

坐在我对面的夏康突然站了起来。一个一百八十五厘米的胖子瞬间站起的压迫感让我觉得十分不舒服，特别是在他奋力站起时，支撑着大部分体重的脚踩在我的脚上。

夏康毫无察觉，自顾自大吼一声：本应但愿人长久，为毛老子忙成狗。

我抽回脚说：不忙也是单身狗。

夏康愣了下，说：妈的，饿得都看见银河了！

我说：你好哇银河，我是王小波！

夏康白了我一眼，说：走走，出去吃点东西。

我说：叫外卖吧。

夏康说：我只问一遍，尔走不走？

我说：好吧，壮士，我走。不过麻烦你先把手从Power键的上空拿开。

夏康说：呵呵呵，放心吧，对于距离的拿捏我还是……哎呀，卧槽怎么突然手抖了呢！哎，你说我是不是有低血糖？！

低七大姑的血八大姨的糖！

说实话，要是杀人不犯法的话……算了。反正我也打不过这个死胖子。

02

此时的大街上人来人往，以情侣居多。

夏康着急抽烟，先我一步出了饭店。我从饭店出来时，他正坐在广场的花坛上抽烟。

花坛对面的路灯下站着个男孩，看着远处，一个人静静地发呆。

夏康抽着烟看向男孩的方向。

我走上前问：你盯着那个小哥看什么？认识啊？

夏康说：不认识。但看到他我想我姐姐了。

我点着了烟说：你的逻辑总是这么不讲道理。哎？你有姐姐？

夏康说：有的。

我问：怎么没听你提过。

夏康说：太重了，提不动。

我问：你姐姐？

夏康说：回忆。

我觉得夏康话里有话，气氛有点小沉重，试探性地问：你姐姐在南京还是在老家？

夏康用手指了指天空。

我说：不好意思。

夏康说：没事。

我说：既然提起了，要不要和我聊聊？

夏康说：那就聊聊吧，既然提得起，就得放得下呀。

我说：边走边聊？

夏康说：好。

其实我有点后悔让夏康说他姐姐的事，因为夏康开头的第一句在我心上扎了一下。他说：从我记忆中有姐姐开始，我们相处的日子就进入了倒计时。

03

夏康记忆中的第一个画面，是秋天的一个午后。早上刚刚下了一场雨，远处的大山被薄薄的雾包裹着，隐隐约约地透出些红黄掺杂的颜色，就像一颗巨大的糖果。

夏康他爸给了他二十块钱，让他跟着姐姐一起去买烟和酒。

家里到小店差不多也就十来分钟的路。但夏康还小，没一会儿就不愿走了，一屁股坐在地上，鼻子一酸，眼睛开始放水。

姐姐走到夏康身边，摸了摸他的头，什么都没说，背起夏康就往小卖部走。

那是夏康第一次趴在姐姐背上。和秋后冰冷的石板路比起来，姐姐的背又软又温暖，以至于整个秋天在夏康的记忆中都是温暖的。

因为是熟识的小卖部，不用夏康说话，光看他拿着二十块钱，老板就知道夏康是来替他爸买烟酒的。

老板笑眯眯地说：会帮爸爸买东西啦？真能干。

夏康不太明白能干的意思，但他知道老板笑着对他说话，就是喜欢他。于是，夏康就笑着点头回应老板。

老板把烟和酒包好，放进姐姐拎着的篮子里，说：东西拿好了，回去路上慢慢走哦。

夏康说：哦。

说完他就很自然地趴在了姐姐背上。

姐姐没说话，拎着篮子背着夏康往回走。

夏康的姐姐不是耍酷，不是没礼貌，而是根本就不会说话。

那年，夏康三岁，姐姐五岁。

04

第二年初春，夏康的爸妈去了城里打工，家里就只剩下了夏康、姐姐和奶奶。

奶奶平时要忙着干农活、做家务、做饭菜，所以大部分时间是姐姐陪着夏康。

姐姐虽然不会说话，但她似乎能看穿夏康的心事，即便是不太准确的表达，姐姐也能知道夏康要干吗。而且姐姐从来不会阻止夏康做任何他想做的事，哪怕是趴在地上学毛毛虫爬行，姐姐也陪着夏康一块爬。

夏康觉得姐姐棒棒哒！

那时候夏康最喜欢看的电视就是《西游记》。他喜欢孙悟空，但更羡慕唐僧，因为基本上只要唐僧一句"悟空，救我"，孙悟空就一定能及时出现。

夏康觉得孙悟空棒棒哒！

夏康对姐姐说：你当我的孙悟空好不好？

姐姐点了点头。

夏康拉着姐姐走到屋外，说：姐，你在外面等着，我一叫你，你就赶紧来保护我，好不好？我不叫，你可别进来哦。

姐姐点了点头。

夏康迅速跑进屋里，把床上的毯子当袈裟披在身上，之后又想找帽子，可找来找去没有合适的，最终把目光锁定在了窗台上奶奶刚洗刷过的痰盂上。

你看，夏康的逻辑打小就不太讲道理。

姐姐站在屋外，听见屋里传来夏康的大叫：姐姐，救我！呜呜呜！

姐姐赶紧跑进屋里，夏康披着毯子在地上嗷嗷呜呜地打滚，脑袋被痰盂卡住了一半，看起来不像唐僧；倒有点铁甲威龙的既视感。

姐姐没办法，赶紧跑去找奶奶。奶奶没办法，赶紧抱着铁甲夏康跑去找隔壁的刘叔。刘叔也没办法，只好赶紧踩着三轮把夏康送到了县医院。幸好，医生有办法。

那天晚上，奶奶没骂夏康，只是红着眼说：以后别这么淘啦，你要出了什么岔子，我咋和你爸妈交代呀。

奶奶说完，眼泪就下来了。

夏康帮奶奶擦了擦眼泪，擦完自己哭了起来。

姐姐站在一边静静地看着，没有哭，但那天晚上她一口饭也没吃。

夏康说：每个人对于难过至极的表达方式不同，有人拼命哭，有人拼命笑，有人拼命购物，有人拼命吃东西……而不吃东西是姐姐的表达方式。

05

虽然经历了铁甲威龙事件，但夏康依旧希望姐姐可以像孙悟空一样，只要自己一叫，她就能及时出现在自己身边。

夏康在草地上玩累了，喊姐姐，姐姐跑来和他一起躺着看星星。

夏康在水塘里游累了，喊姐姐，姐姐冲进河里拉着他往岸上走。

夏康在树上下不来了，喊姐姐，姐姐带着刘叔扛着梯子来救他。

夏康感冒冷得受不了，喊姐姐，姐姐就把他冰冷的脚抱在怀里。

只要夏康喊姐姐，姐姐总是第一时间赶到。

夏康说，姐姐是全天下最好的姐姐。

但凡事总有例外。有一次夏康喊姐姐，但姐姐没来。

夏康就跑去找姐姐，结果看见姐姐正在吃饭。

夏康很生气，一把抢过姐姐的碗，没想到姐姐对着夏康大吼了一声。

这是姐姐第一次对夏康发脾气，夏康吓哭了。

奶奶听到哭声跑来问怎么回事。

夏康说：姐姐吼我！呜呜呜。

奶奶拍了下姐姐的头说：你咋这么不懂事呢？

姐姐什么都没说，转身走开了。

夏康看着姐姐的背影，哼唧着说：姐姐是全天下最坏的姐姐！我再也不要理她了！

那晚，夏康真的没再搭理姐姐，但姐姐始终寸步不离地跟着夏康，也许是愧疚，也许是责任心，又或者是打心里疼爱这个弟弟。

可夏康还是不原谅姐姐，他把房门锁了起来，不让姐姐进。

那晚，姐姐第二次一口饭也不吃。

小孩子没有隔夜仇，第二天，夏康就和姐姐和好了。

寒来暑往，又是一年。

夏康爸妈靠打工攒的钱做了点小生意，在县城里租了房子，准备让夏康去县城上学。

奶奶不愿离开，执意要留在家里。夏康爸妈只好尊重老人家的意愿。

搬进新家的那晚，姐姐第三次一口饭也不吃。

夏康此时已经开始懂姐姐了，他问：姐，你舍不得奶奶，是不？

姐姐长长地吐了口气。

夏康说：我也想奶奶……呜呜呜。

夏康抱着姐姐呜呜呜，姐姐搂着夏康呜呜呜。

那年夏康七岁，姐姐九岁。

06

夏康上学了，姐姐每天多了两个任务，和妈妈一起接送夏康上下学。有时候妈妈没空，就姐姐一个人接送夏康。

夏康属于晚发育类型的，刚上学那会儿又黑又瘦又矮，除了头大，哪儿都小，远远看去就像个移动的逗号。

瘦弱的孩子总是学校里被欺负的对象，再加上夏康是农村上来的，难免被县城里的孩子欺负。夏康胆子小，被欺负了也不敢说。

有次放学，姐姐去接夏康，刚巧碰见几个孩子抢了夏康的书包丢着玩儿。夏康边哭边抢，可怎么也抢不到。

姐姐二话不说，对着个儿最大的小胖子冲过去，一下就把小胖子撞倒在地。其他孩子一看，吓傻了，跟见了鬼一样大喊大叫着散开。夏康捡起书包，脸上挂着眼泪和鼻涕对小胖子说：你再欺负我，我姐就把你撞出地球！

说完笑嘻嘻地跟着姐姐往家走。

回到家，爸妈还没回来。夏康从抽屉的盒子里拿出一包麦丽素。那是前几天爸妈一个朋友送的。夏康吃了几颗就不吃了，留着一直没舍得吃。

夏康取出一颗舔了舔，好甜。

夏康又取出一颗给姐姐，说：姐，给你吃，可甜了。

就这样，夏康一颗，姐姐一颗，姐姐一颗，夏康一颗……

妈妈回来的时候，夏康抱着姐姐正在哭，姐姐躺在地上，正在很费力地呼吸。

妈妈看见地上的麦丽素袋子，紧张地问：你给姐姐吃麦丽素了？

夏康哭着点头。

妈妈又问：吃了多少？

夏康哭着说：我们一人一半。

妈妈摇了摇头，抱着姐姐急急忙忙往外走。

夏康跟在后面哭着问：姐姐会不会死呀？呜呜呜。

妈妈说：不怕不怕，姐姐会没事的。

这次之后，夏康知道了麦丽素里有巧克力，姐姐吃巧克力就会生很重的病。

这次之后，夏康也知道了，原来自己这么这么在乎姐姐。

姐姐要留院观察，夏康只好跟着妈妈先回家了。

晚上的时候，小胖子的父母找到了夏康家里，据说小胖子被姐姐撞倒在地，摔到了尾巴骨。

夏康爸爸又是赔不是，又是赔钱，总算把小胖子的父母给打发走了。

原本以为事情就这样结束了，可没想到爸爸做了决定，要把姐姐送回老家去陪奶奶。

夏康又哭又闹不同意，可爸爸完全不理会夏康。当时夏康怎么都不理解为什么

124

要把姐姐送回老家。但最终，姐姐还是被送回去了。

那年夏康八岁，姐姐十岁。

姐姐回老家以后，夏康很长一段时间都适应不过来。他甚至有一次悄悄跑去长途车站，想要回老家，结果被爸爸找回来，一顿皮带烧肉，哭得稀里哗啦。

夏康哭着大喊姐姐。可姐姐这次没有再出现。

妈妈晚上哄夏康睡觉时，夏康问：我什么时候才能见到姐姐？

妈妈说：等你放假就去看姐姐，好不好？

夏康说：好。我还要看奶奶。

妈妈说：好。

于是夏康开始数着日子过，他用有限的数学知识做了个倒计时牌，终点那张上画着姐姐和奶奶。

熬到了寒假等暑假，熬到了暑假再等寒假。每次回去夏康都舍不得回来。他觉得和姐姐的回忆足够写厚厚一本书，大概有十本语文书那么厚。

暑假前某天下午，夏康放学回来，妈妈问：康康，你想不想姐姐？

夏康说：想呀！

妈妈说：明天我把姐姐接来好不好？

夏康说：好呀！姐姐会住很久吗？奶奶也来吗？

妈妈说：奶奶不来，姐姐就住一天。

夏康有点失望地撅起小嘴说：就一天呀。那我还得上课呢。

妈妈说：我去和老师请假。明天你就陪姐姐玩吧，好不好？

夏康搂着妈妈亲了又亲。

第二天一早夏康刚醒，就看见姐姐坐在床边看着他。

夏康高兴地扑上去抱姐姐，可姐姐好像没有以前那么热情了。

爸爸租了辆车，带着夏康、妈妈和姐姐去县城附近的一个水上公园玩。

在水上公园里，夏康感觉好像又回到了小时候，但又有点不太对。

夏康在草地上玩累了，喊姐姐，姐姐走来躺在他身边。

夏康在泳池里游累了，喊姐姐，姐姐坐在岸边看着他。

夏康在云梯下不来了，喊姐姐，姐姐看着爸爸去背他。

夏康假装冷得受不了，喊姐姐，姐姐看起来比他还冷。

夏康觉得很奇怪，他想：姐姐怎么了？是不是不喜欢我了？

爸爸说：我们回去吧，姐姐累了。

夏康点了点头。

爸爸抱起姐姐，妈妈牵着夏康的手，跟在爸爸后面。

晚上的时候，姐姐看起来精神好多了。妈妈做了一桌好吃的，还买了一块巧克力蛋糕。

夏康问妈妈：为什么买巧克力的？姐姐就不能吃了呀。

妈妈说：姐姐现在可以吃了。

夏康高兴地说：真的！太好了！……咦，妈妈你怎么哭啦？

妈妈擦了擦眼泪说：我没哭呀。是被你爸爸的烟熏到眼睛了。

夏康看向爸爸，爸爸正抱着姐姐。

吃饭前，爸爸拿出相机照了张合照。

照完后，爸爸说：来，开吃吧！

夏康开心地和姐姐一起吃了起来，吃着吃着，姐姐就睡着了。

夏康问：姐姐怎么睡着了？

爸爸说：姐姐太累了，要睡会儿。

夏康说：那我也不吃了，等姐姐起来一起吃。

爸爸没说话，妈妈没说话。

家里突然一下静悄悄的。

那天晚上，夏康做了个梦，梦里姐姐会说话了。

姐姐说：小弟，我真想陪着你一起长大呀，陪着你躺在草地上数星星，陪着你在池塘里游泳，像孙悟空一样守护着你，看着你上学、工作，看着你娶妻、生孩子。看看你的宝宝像不像你小时候的样子。可是，对不起小弟，老天爷只给我很少的时间来陪你。现在我要走了，但你要记得，无论我在哪里，我都会想着你，就像你想着我那样，很想很想很想。也许哪天我们会再见吧，也许那时你已经认不出姐姐了，但是没关系。我认得出你就好。

那年，夏康九岁，姐姐十一岁。

我问夏康：那张合照你一直带在身边的吧？

夏康点了点头，从口袋里拿出钱包，里面放着一张合照，上面有九岁时的夏康、夏康的爸妈和夏康的姐姐—— 一只看起来很温顺的黄色土狗。

花坛对面的路灯下站着个男孩，看着远处，一个人静静地发呆。

夏康抽着烟看向男孩的方向。

不远处地上有一束玫瑰花，是男孩的女友刚刚丢在地上的。

男孩身边的狗狗跑去咬起玫瑰花，又跑回到男孩身边，摇着尾巴。

我问夏康：你盯着那个小哥看什么？认识啊？

夏康看着那只狗狗说：不认识。但看到它我想我姐姐了。

10

我问夏康：你姐姐十一岁那年到底发生了什么？

夏康说：村里要灭狗。但明着来村民都不让。他们就是借着打疫苗的借口给狗狗打针，其实打的不是疫苗，是慢性毒药，体格好的能撑个一周左右，体格不好的，两三天就没了。我奶奶当时不懂，只听说打了针狗狗不生病，就让打了。后来才知道上当了，不过那时候已经晚了。

我不知道说什么好，又给夏康递了根烟。

夏康说：其实我常对自己说，姐姐走得也不算遗憾，她当时本身就有挺严重的病了，那样走了也好，没痛苦。倒是我奶奶为这件事自责了很久。后来我爸妈就把她接到一起来住了。现在身体也挺好，能吃能喝，就是偶尔想到姐姐还是会流眼泪。哎，你怎么了？

我说：没事，烟熏眼睛了。

回到工作室的时候，窗外下起了雨。

我和夏康分头开始继续赶进度。

一小时后，夏康停了下来，点了根烟。

我问：累了？

他说：台词卡住了。歇歇。

夏康说完，透过雨水模糊了的窗户往外看，窗外的路灯被玻璃晕成了五光十色的一团，就像是舞台的射灯，好像有什么好节目要上演了。

夏康看见一个小男孩摇摇晃晃地走了两步，一屁股坐在地上，一只温顺的土狗跑过来，用头蹭了蹭小男孩的头，然后趴在地上。小男孩心领神会地骑在土狗身上，一人一狗向远处走去。

夏康问：你印象最深的台词是什么？不要矫情的，要那种越琢磨越心酸，越琢磨越想哭的。

我脱口而出：那个人看起来好像只狗哎。

夏康点了点头，坐回座位一阵噼里啪啦之后扔给我一段台词：

忘了谁说过，陪伴是最长情的告白，但我想说，守护是最沉默的陪伴。

亲情，爱情，友情。但凡是感情，想要长久都一样，就两句话：别听对方说什么，只看对方做什么；别在意对方没做到什么，只在意对方付出了什么。这世上没人欠你什么，你也不欠别人什么。一切凭心。所谓珍惜不是小心翼翼，而是自然反应。

好好珍惜爱你的人，别辜负他（她）们的爱和关心，别让他（她）们被别人说，看起来好像只狗。

喀 什 姐 妹 ／ 贾 睿

少年的鱼 / 郑丁

面 朝 大 海 / 郑 丁

随水远 / 老树画画

猛人杜甫：一个小号的逆袭

文／六神磊磊　媒体人　微信公众号：六神磊磊读金庸

公元735年，一个很平静的历史年头。在大唐帝国的东都洛阳，一个二十四岁的小伙子唉声叹气，用河南话骂着娘——他刚刚查了在京兆尚书省的高考成绩，四百分。

这个落第的学渣，或者说大唐帝国的判卷老师——"考功郎"眼中的学渣，叫杜甫。

那时候的高考是很残酷的，没有调剂。你本科没录取之后想调剂到蓝翔？那是做梦，乖乖回河南老家补习吧。

这一年，和落魄的杜甫相比，许多同时代的诗人都已经扬名立万，在诗坛翻江倒海，散发着猛气。

当时，大名鼎鼎的猛人张九龄正在当宰相，并酝酿着他的新作"海上生明月，天涯共此时"。他的公众号每次更新，一群人都"赞"、"顶"、"中书令大人好棒，么么哒"。

一个叫王维的学霸作为高考状元，正在担任监察御史。他的粉丝正飞快增长，包括阿九公主在内……不要吃惊，真的是阿九公主，不是金庸小说《碧血剑》的男主袁承志勾搭的那个独臂神尼，是唐朝的玉真九公主。

一个叫王昌龄的同学已中了博学宏词科，被称作"超绝群伦"。他的代表作品"秦时明月汉时关"横扫诗坛，他的公众号也十分活跃，经常和各路大V搞搞互推。

即便是混得最不好的李白同学，也已经在帝都隆重发布了《乌栖曲》和《蜀道难》，被广泛转发，名声大噪。别看李大V还没有公职，微信公众号也没认证，但却已经拥有贺知章等高端精英粉——没错，就是那个"二月春风似剪刀"的贺知章。

他们的地位、名气，全部秒杀屌丝青年杜甫。虽然杜甫也开了一个微信公众号"子美的诗"，但是人气惨淡，粉丝少得可怜，阅读量总在个位数徘徊。

杜甫默默地关注了他们的公众号。唉，要是能和这些土豪一起玩耍就好了。

02

这一年，我们的杜甫以一个学渣的形象踏上了诗坛。他的声音小到几乎听不见："大家好，我，是一个小号。"在群星灿烂的唐诗俱乐部里，因为他是小号，每当有大V走进来，他都要慌忙起立，给人家让座，努力地和别人做朋友。

某年某日，一个走路带风的大V潇洒地推门进来，一屁股坐下，把脚放到了茶几上。他叫李白。这时的李白已经被玄宗大大取消了关注，赶出了帝都。但人家毕竟供奉过翰林，参加过文艺座谈会，比起杜甫还是牛了一大截。

杜甫连忙起身迎了上去，诚恳地递上双手："李老师，我们……能做朋友吗？"

后世的人们拼命渲染这一次握手，说是"四千年历史上继孔子见老子之后最伟大的相遇"，"青天里太阳月亮走碰了头"。

然而，当时的实际情况是：小号杜甫根本就是大V李白的粉丝。那些日子里，他陪着李白游山玩水、喝酒撸串，不时向旁边这个人投去敬慕的眼神。事实上，后来终其一生，他都始终崇拜、记挂、思念着李大V："白也诗无敌，飘然思不群。""笔落惊风雨，诗成泣鬼神。""文彩承殊渥，流传必绝伦。""李白一斗诗百篇，长安市上酒家眠。"……

每到春暖花开的时候，此对李白的思念就倍加强烈：

亳了：

叁。

"

more

也回个帖，但他从来没有对杜甫的作文夸过一句话是调侃杜甫"作诗苦"，意思是：
忏的……"

没有敢指望过自己能够和李大V并列。

刀疤，浑身散发着杀气，他的名字叫高适。一支烟，思考着他的新作《燕歌行》。

音："高老师您好，我是小号杜甫。"

与高适游山玩水，喝酒撸串。这甚至成为杜当可想起和高适、李白愉快玩耍的日子，入酒垆。两公壮藻思，得我色敷腴。"

13

对大V高适的才华，杜甫无比仰慕："当代论才子，如公复几人？"他甚至赞扬说："高适的文章啊，就像曹植一样波澜壮阔；高适的德业啊，就像刘安一样可以正道成仙。"

后来高适的官越做越大，成了淮南节度使、彭州刺史，已经混到了大军区正职了。杜甫则颠沛流离地跑到了成都，人穷志短，时不时要吃高适的救济。杜甫只有道谢，反复地道谢："故人供禄米，邻舍与园蔬"，"但有故人供禄米，微躯此外更何求"，好像不经常在诗里提几句这事，就会显得自己忘恩负义一样。

高适拍拍他的肩膀：兄弟，别客气，咱们是朋友。高适和李白一样，都拿杜甫当朋友，但却从来没注意过杜甫的诗。在他们的眼里，杜甫真的只是个小号。

04

时间一年年过去，热闹的唐诗俱乐部里，一个又一个大V穿梭往来，其中有王维、岑参、储光羲、孟浩然、李邕……他们互相握着手，愉快地聊天喝酒，不时发出轻松的笑声。作为小号，杜甫常常只能站在一边，带着拘束而恳切的笑，聆听大V们高谈阔论，偶尔插上几句话。

对这里的每个人，他都送上最真诚的赞美。对于王维，他夸奖说是"高人王右丞"，"最传秀句寰区满"。

对于岑参，杜甫夸他是"海内知名士"，说岑参的本事连当年的大文学家沈约、鲍照也不过望其项背（"高岑殊缓步，沈鲍得同行"）。

还有一些大V，明明原创作品很不咋地，都是一些垃圾号、经营号，比如贾至、薛据之类，杜甫也对他们由衷赞美，说贾至"诗成珠玉"，说薛据"文章开窔奥，迁擢润朝廷"。

对于那些历史上的先辈，他也满怀敬意。比如对过去初唐文坛的第一集团——

"四杰"，杜甫充满敬重，觉得他们的伟大难以超越："王杨卢骆当时体"，"才力应难跨数公"——当今之世，应该没有人的才华能超过这几位前辈吧！

有意思的是，当时文人互相唱和非常普遍，互相夸几句很常见，但杜甫的那些大V偶像没有片言只字表扬他的诗，连客套性的表扬都没有。

渐渐地，杜甫老了。生活蹭蹬和贫病交加，都让他加速走向人生的终点。

公元770年冬天，寒风刺骨。在由湖南潭州去往岳阳的一条小船上，杜甫病倒了，再也无法起身。他的左臂已经偏枯，只能艰难地撑着右手，最后一次点亮了手机，看着自己的公众号"子美的诗"。

是的，这一生，我终于没什么成就。一直到死，我的粉丝也就三五十个人。我也曾轻狂过，我也曾七岁咏凤凰，我也曾落日心犹壮。但和什么李白呀、高适呀、岑参呀、王维呀的名头相比，我真的差远了，他们都好有才。

不过，对朋友，我做到了仗义、友爱、感恩，且有始有终。对粉丝，我做到了坚持更新，我写了一千五百多首诗。我做了一个小号该做的事。

他闭上了眼睛，"子美的诗"也永远停止了更新。

05

当时，很少有人在意他的离去。群星璀璨的大唐诗坛，谁在乎一颗暗弱的六等星呢？去翻翻当时唐人编的诗歌集、名人录、作家大全之类，极少看到杜甫的名字。几本最重要的集子，《玉台后集》、《国秀集》、《丹阳集》、《中兴间气集》、《河岳英灵集》，都不收杜甫的诗。比如三卷《河岳英灵集》，连什么李嶷、阎防都选上了，就是没有杜甫。

历史的灰尘，正在慢慢把这个小号埋葬。

很多年后，有一个叫元稹的人，没错，就是那个"曾经沧海难为水"的多情种子，偶然发现了这个小号。他随手戳了进去，连读了几篇，不禁大吃一惊：神迹！这是神迹啊！这货是多么伟大的一个诗人啊！这一千五百多首诗连起来，已经不是诗，而是关于整整一个时代的伟大纪录片。

这里面有王朝的盛世："忆昔开元全盛日，小邑犹藏万家室。稻米流脂粟米白，公私仓廪俱丰实"；也有时代的不公："朱门酒肉臭，路有冻死骨""彤庭所分帛，本自寒女出"。

有恐怖的战乱："孟冬十郡良家子，血作陈陶泽中水"；也有胜利的狂喜："却看妻子愁何在，漫卷诗书喜欲狂"。

有庶民撕心裂肺的痛苦："莫自使眼枯，收汝泪纵横。眼枯即见骨，天地终无情"；也有麻木无奈的叹息："信知生男恶，反是生女好。生女犹得嫁比邻，生男埋没随百草"。

有老友重逢的感动："夜雨剪春韭，新炊间黄粱""明日隔山岳，世事两茫茫"；也有孤芳自赏的矜持："绝代有佳人，幽居在空谷""天寒翠袖薄，日暮倚修竹"。

还有惊心的花，有欢喜的雨；有青春的泰山，有苍凉的洞庭；有公孙大娘的剑器，有曹霸的画笔……元稹呆住了，他发现了一个事实——原来最伟大的诗人不是四杰，不是王孟，不是沈宋，不是钱刘，不是高岑，而是上世纪那个穷困潦倒的诗人。

有人告诉元稹："那个作者很可怜的，客死异乡，被孙子千里迢迢送回河南老家埋葬，连个墓志铭都没有。"元稹挽起了袖子："没有墓志铭是吗？我来写！"

我们至今还可以读到这篇墓志铭："上薄风骚，下该沈宋，言夺苏李，气吞曹刘，掩颜谢之孤高，杂徐庾之流丽。""诗人以来，未有如子美者。"

杜甫是770年死的。到公元9世纪，中国才兴起了读杜诗的风潮。当时连文坛最大的大V韩愈都改了自己的微信签名：'李杜文章在，光焰万丈长。"

在死去整整半个世纪后，杜甫终于完成了中国文学史上一场伟大的逆袭。

每当想起这段故事，我都有点疑惑：他真的一点都不知道自己诗歌的价值吗？我忽然想起了他《南征》中的两句诗：

"百年歌自苦，
未见有知音。"

这是他临近去世前留下的诗句。看来友谊是公平的，李白、高适、岑参们，你们从不把杜甫当作天才，杜甫也未必把你们当作了知音。

我 们 会 好 吗 ，
还 是 会 更 糟

文　蒋话　作者　@蒋话话

小男孩／童方

谁是你年少时最闻风丧胆，想要"暴打"的人？

毫无疑问，传说中那个"别人家的孩子"。

我的建议是：下手轻点，别打脸可以吗？

小学时，凭着在老师、家长面前卓越的"演技"，我也曾获此殊荣。其实我的心比谁都躁动，并且无比迷恋游戏机。别看现在PS3、Wii、Xbox等游戏机层出不穷，那个时候，FC红白机才是我们真正的神器。

由于游戏机容易让人沉迷，平日里，红白机被爸妈藏在一个固定而隐秘的地方。于是，大人不在家的日子里，我像小悟空搜集七龙珠那样满世界寻找，臭袜子、脏鞋子乃至哥哥私藏的少女写真杂志都在我孜孜不倦的地毯式搜索下重见天日——除了游戏机。

我又怎么肯就此罢休？经过多年的努力，我终于在一次偶然的机会发现了红白游戏机藏身之所。当时那个兴奋啊，举着游戏机要飙泪：终于找到你，还好我没放弃！以后打完游戏机，再原封不动改回去，神不知鬼不觉！

谁想到——半个月后我们搬了家，住进了新房。

除了打游戏，年少的我还喜欢吃甜酒酿。有时一个人吃不完，第二天便带到学校，和同班男生们利用课间十分钟在楼道里分享。为防止被老师发现偷带零食，他们建起人墙将我围在当中。冬天还好，夏天尤其是上完体育课，十几个男生满身汗臭味包围着我，我都不敢呼吸，就怕熏出上呼吸道感染。不过，我还是挺享受那种被大家"拥护"的时光，顿时感觉自己成了世界的最中心。因此，我每天都记得买酒酿。

当时贩卖甜酒酿的人会骑着自行车经过各家各户，车头上绑个扩音大喇叭吆喝道："酒酿要伐酒酿！""卖酒酿咯，酒酿来了！"听到吆喝，我总会捧个大碗下楼，选一块刚酿好的、冒着芳香的酒酿带回家。

习惯成自然。后来，只要听到有吆喝声我就会莫名兴奋，严重的时候还会拿着瓷碗直冲到院子里，生怕错过卖酒酿的人。结果，那个吆喝的人却眨巴着眼睛无辜地问我："要磨菜刀吗？"

阿宁是镇上最特别的卖酒酿人。

他是镇上酒酿师傅谭伯的三儿子，前两个儿子一个到外地给人做了上门女婿，一个下海经商，于是谭伯说什么都不让小儿子再离开，指望着阿宁继承自己的手艺。阿宁虽不情愿，但也没有办法。他骑着自行车像父亲当年那样早出晚归，似乎也从父亲身上看到了自己的未来。不过，阿宁依然乐观。十八岁零一点的他，脸上时常挂着含糖量四个加号以上的笑容，扩音喇叭里放的不是吆喝声，却是歌声，自己唱的歌。

"美丽的梭罗河，我为你歌唱。你的光荣历史，我永远记在心上。旱季来临，你轻轻流淌。雨季时波涛滚滚，你流向远方……"略带磁性的嗓音，尽管用的是时常会破音的老旧喇叭，听上去还是那么洋洋盈耳。

每当听到阿宁的歌声，我总迫不及待地下楼，向他买上一些酒酿。
"阿宁哥，你唱得真好听。"我吃着酒酿，一直甜到心里。

而阿宁只是云淡风轻一笑，挺直腰板跨上永久牌自行车，像个骑士。

不，在我眼里，他就是一个优雅的骑士。

骑士阿宁重新放声高歌，缓缓骑行而去。

骑士阿宁沐浴着春风，陶醉地合上双眼。

闭着眼睛没留意前方道路，骑士阿宁连人带车翻到水沟里……

我吓了一跳，赶紧上去帮忙。

"阿宁哥，你会一直做酒酿给我吃吗？"我替阿宁摆正车龙头上的喇叭。

"可能不行哦，阿宁哥迟早要一个人出去闯闯。"阿宁揩拭掉自行车身上的污渍，直起身子，伸手指向远方。

我循着他的手指望去，只看到远处的猪棚，所以我一直以为他的理想是去喂猪，想想还是蛮伤感的。

"这种靡靡之音，放以前是要被抓起来的。"我们小学的女班主任赵老师不喜欢阿宁。

阿宁的歌声太有穿透力，骑车经过校外时，歌声飘到课堂上，弄得跟电影里的背景音乐似的，同学们都熟悉都会唱了，一节好端端的语文课就成了合唱课。连赵老师那只养在学校里、神龙见首不见尾的花猫也忽然出现在教室门口，歪着头眯起眼睛静静倾听。

这让老古板赵老师颇为不快，每次阿宁骑车经过，她总会伸长脖子瞪着眼扫视全班，眼神里带有少许杀气。迫于压力，我们只得闭上蠢蠢欲唱的嘴巴。有一次，我们强忍住唱意，没有一个人敢出声。赵老师满意地点点头，心情一舒缓，竟然自己唱了出来。教室里忽然安静了数秒，紧接着同学们纷纷面无表情低头看书，强行当作什么也没有发生。

这或许是师生间最默契的一次经历。

小学班里一直流传着一句话：赵老师喜欢自己的花猫，也喜欢二骅。

赵老师年逾半百一直未婚，把花猫当成儿子。尽管放任花猫白天自由活动，每到夜幕降临，赵老师总会呼唤它的名字，看着它返回教工宿舍才能安心。而二骅就是我。似乎我的爷爷辈与赵老师之间有过愉快往来，所以她对我关照有加。

但这对我而言实在不是一件好事。

升上四年级，我们班的男生负责操场东北角的卫生，俗称的"包干区"——一块永远也清理不干净的地方，落叶、枯枝乃至死去的耗子，频繁出现在那里。清晨和傍晚，男生们不情愿地捋起袖管，让扫帚耷拉在肩膀上，无精打采地到包干区干活。而我，并不在打扫包干区人员中。赵老师将我从包干区名单中划去，每天男生们累死累活地劳动，我却轻松自在地从他们的全世界路过。

男生们开始疏远我，议论我是赵老师的情报员、背后打小报告者。他们围在一起有说有笑，见我来到马上各自散去。节假日，也没有人约我去他家打游戏机。我成了透明人，从家里捎来的酒酿再也无人问津，只能悄悄扔进垃圾桶。同桌转学后，只有我一个人身旁空空荡荡的，没有男生愿意成为我的同桌。我像个被世界抛弃的孤儿。

更糟的事情在后面。我们班的学号按性别排列，三十个女生在前，之后才是男生。不巧我正是男生一号——三十一号，紧挨着女生最后一号。赵老师手上那本包干区人员花名册，所有女生名字被画去的同时，也顺手带上了我。于是乎，我终于摆脱了透明人这一不利的身份，成为了……变性人。男生们公开宣扬"咱们班一直以来都是三十一个女生"，见到我进男厕所他们则捂着裤裆乱吼乱叫，轰我出去，吵闹着追打我。

一次，我不堪忍受男生们的追击，面皮一厚躲进了女厕所的隔间里。本想男生应该不敢进来，不料他们却仍是一往无前。"出来，我知道你个尿包缩在里面！"为首的男生大壮一马当先闯入女厕所，一脚踹开其中一个隔间。门被踹开，正在如厕的赵老师狼狈地站起来，面皮紫胀。

当天，大壮被练拳击的老爸带回家，缺席了第二天的所有课程。

在那段被排挤的孤单日子里，我认识了从城里新搬来的邻居小英。

小英的爸爸租下了我家隔壁整幢别墅，两个人生活本用不到这么大空间，但他似乎并未迟疑就签订了租赁合约。现在想想，他应该是看中了屋前环境清幽的院子。每天放学回来，我都会看到他在庭院里忙活，给盆栽浇水、替草坪修剪，动作生疏而笨拙。院子的正中摆放着一只编织精细的藤椅，小英悠闲地坐在藤椅里，什么事也不做。

小英与我年龄相仿，是个很随和的男孩。他有一双水灵的眼睛，挺拔的鼻子叫我想起全镇最高最峻丽的那座凤鼙山，只是面色始终是苍白的，没有血色。没有男生愿意和我玩，只有小英不排斥我，见到我就对我笑，弄得我老是低头检查裤子拉链是否拉好。

我和小英很快熟络起来，一放学就到他家院子里找他。他对学校的事情很感兴趣，我便把自己的故事说给他听，我的遭遇已经够惨，他居然还一副很憧憬的样子。

"好想回家，回学校啊。"小英苦笑着感叹，并不像是装的或是精神错乱。
"你为什么不用上学呢？"我好奇地问。
"刚出院爸爸就带我来这里了，说还要调养。"小英说，"只是……不知道要调养到什么时候。"他的情绪有点低落。
"一定就快啦！"我鼓励他道。

"嗯！"小英笑了，显得信心满满。

小英全名英曦尫，他爸爸喜欢喊他曦尫，只有我叫他小英，因为我害怕提到他时别人问我"曦尫"二字怎么写，我压根儿不会，总不可能装一辈子耳鸣。

在我看来，小英以后一定会成为了不起的人物，正如他的名字一样与众不同。想想看，大侠曦尫，多有武侠电视剧里那种仙风道骨的感觉。而我呢？大侠二骅，跟大侠牛二有一拼，不用想就知道是演员表里最靠后的那几个龙套。

05

我很羡慕小英可以不上学，不必写作业，想打游戏机的时候，他爸爸已经帮他连接好电视机，我们只要坐在客厅沙发上开战便可。

小英拥有一大箱游戏卡带，即使玩上一整天也不会重复腻味，最重要的是，他爸爸不会像我老爸那样看到游戏机就瞪出眼珠发飙，只是偶尔让小英闭上眼睛休息一会儿。他休息，我玩的时间便相应增加。"沙罗曼蛇"、"超级玛丽"、"古巴英雄"等游戏一个个玩遍，一尽兴就忘记时间过了饭点，每次都是遛鸟回来的老爸怒气冲冲揪着我耳朵将我拖回家。

那时，我和小英纠结于一款名叫"白鸽传说"的横版过关游戏，因为难度极大，一直没有通关。游戏讲的是男主角的老母亲遭到十恶不赦大魔王的诅咒，一病不起，男主角必须历经大大小小十三个关卡，将隐秘处所有笼子里的白鸽放生，方可解除诅咒。

打游戏的时候，小英爸爸还会为我们准备许多零食，这其中就有甜酒酿。

和我一样，小英也非常喜爱甜酒酿。不过，他吃的是一种密封冷藏的酒酿，从超市买回来的。当时，国营百货商店正面临改革，我们镇上刚刚新开了一家自选超市，货品种类渐渐充盈，竟连密封保存的酒酿也有出售。

我尝了尝小英爸爸递过来的酒酿，芳香四溢，新鲜可口，比阿宁做的还要好吃。我一连吃了三碗，酒精摄入过量，整个人都犯晕。晕归晕，我心中却泛起顾虑：如果随时能在超市买到酒酿，还会有人愿意备着碗、看准时间等候阿宁吗？我心急如焚，替阿宁着急不已。然后，又吃了一六口超市酒酿。

的确很美味啊。

06

果然，超市对阿宁的生活产生了影响，他空闲的时间变得多了起来。本来他每天会骑车带着盛放酒酿的铁槽经过我家两次，后来调整为两天一次，再后来，一周都听不到他的歌声。

有时候，他步行经过我家门口，会带我出去玩。一个周末，阿宁拦了辆三轮摩托，载我到了镇头的电影院看电影。我早已忘了当时电影的名字，只记得是部文艺到发闷的影片。整场电影阿宁都心事重重，不是发愣就是处于睡眠状态，其间只有一次强打精神集中起注意力，就是女主角脱裤子的时候，女主角穿上裤子他马上又昏睡过去。

"阿宁哥，你好像不开心？"走出电影院的时候，我问道。
"阿宁哥没有不开心，是做了一个决定。"阿宁的笑容重新绽放。
"什么决定呀？"
"阿宁哥下决心要离开这里，去外面看看。"
"可是，谭伯会同意吗？"
"所以，要祈祷超市越开越多呀。"阿宁弯下腰，狡黠一笑，"这样，他才会知道自己这门手艺已经走到了尽头，才会放我走。"
"你还是打算去养猪吗？"
"养猪？知道市里的船运公司吗，阿宁哥想去那里上班。"阿宁说，眼神中充满向往，"那就不是看梭罗河了，是真正的大海！"

此后，学校生活没有丝毫改进，一如既往地糟糕。

好在有小英陪伴我。每天放学后，我连书包都不愿意回家放下，便径直前往小英家。周末，我干脆一清早就去找小英，赖在他家不走。中饭是小英爸爸亲自下厨，据说小英出生后他专门学了厨师，做出的菜色味俱佳，叫人食欲大振。

而小英的胃口每况愈下，从最初能刨上大半碗饭，到后来只能小鸡啄米似的吃上几口。游戏机玩上一小会儿，便会体力不支，不需要他爸爸提醒，小英自己就靠在了沙发上睡去。

唯一的好消息是，我们终于打通了那款叫做"白鸽传奇"的游戏，将征途上的所有白鸽放生，解除了魔王的诅咒，男主角母亲的疾病也就此痊愈。

皆大欢喜。观众、玩家们最喜欢的结局。要是人生也总能善始善终，该有多好！

"二骅，你说放生鸽子真的能让人健康吗？"迎来游戏结局的那一刻，小英盯着电视屏幕说道。
"当然是假的，骗我们小孩的。"我打算换盘游戏卡带继续玩，随口一答。
小英却沉默了，低垂着头。
我的心里很不是滋味，看了眼桌子上摆放着的甜酒酿，提前离开了小英家。

夕阳西沉，我带着从超市买的酒酿来到坪山公园。坪山公园与我的小学相通，中间只隔了一扇栅栏门。那里是各种鸟类栖息之地，尤其是傍晚，百鸟回巢，鸟语声能连成一片。

我小心翼翼地将酒酿洒在公园林间，心想这东西吃多了都能把我弄得晕乎乎，醉几只鸟总不成问题。况且，暑假里我曾看到舅舅将泡好的米酒洒在公园地面上，饥饿了的麻雀真的会飞下来啄食，然后像死鸟一样醉倒在地，任凭舅舅哼着小曲拾掇起来，放入麻袋。

我抬头仰望着树林，百鸟在半空穿梭飞舞，好像没有鸽子的影子。其他鸟类应该也行吧——我安慰自己道。洒好酒酿，我将自己隐藏在一棵樟树后，静等丰收。时间一分一秒过去，不觉中我竟睡去。醒来时天色已黑，我连忙起身，拍去身上杂草，期待地目视林地，验收成果。

林地上的酒酿明显少了，但是，地上别说醉倒的鸽子，连麻雀都没有一只。然而，我还是忍不住叫出声来——

林地里赫然躺着一只花猫。正是赵老师养的那只猫，都能听到它熟睡发出的呼噜声。就当我要上前看个究竟时，那花猫忽然起身，迈着轻浮的步子，晃晃悠悠离开了。

08

第二天，当卧床的小英看到我提着鸟笼买到时，先是一惊，马上又捂嘴而笑。我想他明白了我的用意。

鸟笼里装的是我从老爸那里偷来的黄鹂，之前每晚他都要带出去遛鸟。我和小英打量着笼中的黄鹂，它有着黑黄相间的羽毛，胸膛高挺，挥舞着厚实的翅膀，像个健美的力士。

"游戏里用的是鸽子，而且有那么多……咱们只放一只，能行吗？"小英半坐起身子，声音轻微。
"放生是善事，善事不分大小。"我想起奶奶说过的话，托着鸟笼靠近窗口，左手将笼门打开。

那黄鹂或许是过惯了无忧的生活，对自由的天空居然无动于衷，还悠闲地啄了几下食盆。这下倒把我急坏了，我拍打着酸枝木编成的笼子，甚至伸手进笼子驱赶，那黄鹂竟用双脚死命钩住栖木不肯松开，发出悲戚嘶鸣的同时，还用锥子一样尖锐的鸟喙啄我的手背。

看来，它只想安安静静地做一只吃白食的黄鹂。我咬咬牙，忍住了鸟喙带来的疼痛，双手捧住黄鹂，将它从笼中拉出，抛向窗外。那黄鹂先是随重力下坠，随后本能地扑腾了几下翅膀，终于回到空中。

我和小英几乎同时双手合十，闭上双眼。
请带给小英健康吧。
我学着老爸拜菩萨的样子，在心里祈祷道。
对了，也请让超市开遍大街小巷，叫阿宁哥如愿吧。
我继续默念。
捎带……能不能也让我重新回到男生们之中，不再被孤立……
原谅我最后还是掺杂了私心。

黄鹂鸟越飞越高，越飞越远，最终消失在天际。
"二骅，我真的能很快回家吗？"小英仰着头，忽然说道。院子里的葡萄架上藤蔓彼此间轻缠着，夕阳从枝蔓间洒下，金鳞般的光泽照在绿草坪上，也映在了小英的侧脸上。
"能的。"我不假思索道，"因为你叫曦尪呀。这么难写、独一无二的名字，一定还有很长、很传奇的故事要发生。"说到这里，我的眼眶湿润了，强忍着没有流下泪水。
"一定吗？"
"一定！"

09

我撒了谎。

当我肯定地说出"一定"的时候，其实我的心里并不那么确定。然而，我终究

150

无须自责，因为小英在两周后和他爸爸一起离开了我们镇。回家的路上，小英一定是归心似箭，充满着无限的期待吧？

一堂普通的语文课上，赵老师忽然走到我身边，"放学后记得留下和男生们一起打扫包干区！"赵老师的声音严厉而苛刻，与先前大不相同。她手中拿着的也是一本全新的花名册，我的名字被保留下来，不再像之前那样以竖线画去。

据说几天前赵老师的花猫被人从坪山公园的小河里捞起——它是醉酒般掉进河里淹死的，又听人说最近我在那里出现过，还在地上洒了许多酒酿。我当着赵老师面，把脸埋入臂弯里，不能抑制地笑起来。

我不曾想到，会以一种意想不到的方式，重新被男生们接纳。而他们终于又愿意吃我带来的酒酿——超市里买的，塑封包装的那种。

阿宁的歌声也没有再飘到课堂上来，它只存在于我的心里，心情好的时候我会怀旧地哼唱："美丽的夜罗河，我为你歌唱。你的光荣历史，我永远记在心上。旱季来临，你轻轻流淌。雨季时波涛滚滚，你流向远方……"而我知道阿宁去的地方并不是河川，他要去一望无际的大海。一切都向着最好的方向发展，至少我是这么认为的。

当时的我，并不理解临终关怀的含义，不明白回家对于小英而言便是代表生命的终结。我当然更不会知道企业下岗的风潮即将波及这个三线小城，船运公司已维持不了多少时日。在我的脑海中，小英、阿宁总是前行在朝阳升起的路上。

各得其所，喜乐安康。

滑 翔 伞
与 功 夫 熊 猫

文　辉姑娘　作家　@辉姑娘的夏天

似乎每个人在这个世界上为了活出所谓"自我"，都有点儿不要的东西。

楼下饭店的老板号称他的菜不要味精，同事小王号称他找媳妇不要博士生，给我看牙的医生号称他不要病人的锦旗，就连天桥上讨钱的老头都号称不要一毛钱的硬币。谈文化的不能要钱，做传销的不能要脸，搞娱乐的不能要节操，玩极限运动的不能要命……如果非要论要狠的程度，最后一项应该让很多人望尘莫及。

迟羽就是个不要命的。

我认识迟羽那会儿她才十六岁，刚满了最低年龄限制就跑去国外考了个PADI的探险潜水员证书。此后每次见她，她都会告诉我最近又玩了什么新项目：蹦极、滑板、雪板、赛车、空中冲浪……

能想象吗？闺密之间的下午茶订在风景优美的海边餐厅，远处是蓝天碧海，白云朵朵。我优雅地把果酱抹在刚烤好的面包上，试图送进嘴里——就在不远处，白花花的一坨"嗖"地飞起，几秒钟后"蓬"的一声落入海中，砸出巨大的水花。别慌张，面包不会掉的。等我把食物干掉大半，迟羽一边擦着湿漉漉的头发走过来，一边伸手过来抢我刚涂好果酱的面包，顺便笑眯眯地问我："怎么样？刚刚悬崖跳水的姿势优美吗？"

谁这辈子没几个奇怪的朋友呢？有的朋友让你受益，有些朋友让你受骗，还有些朋友让你受惊。幸好迟羽只是最后一种，我挺知足。

过年的时候我听迟羽她妈说，她辞了之前导游的工作，去做了滑翔伞教练。这并不意外，她换过的户外工作不计其数。谁知这次老太太不干了，拉着我和我妈鼻涕一把泪一把，哭诉这可怎么办，这工作太危险了，在天上飞可怎么了得。

我劝老太太："以前不都是在天上飞吗？蹦极多吓人啊，她当工作人员那会儿天天蹦。还有滑板，参加比赛那都是飞起又落下的，看着就捏把冷汗，她还不是好好回来还拿了一大笔奖金。"
老太太擦着眼泪："那能一样吗？那些都是在天上一下子，这个可是一直在天上。"
敢情老太太看问题相当成熟，只以时间长短论英雄。
我换了个角度："阿姨，您得往好处想，滑翔伞教练工资高。"
"谁图她赚那俩钱儿？"老太太眼睛瞪了起来。
"这工作有利于身心健康。"我绞尽脑汁狡辩。
老太太呵呵冷笑："飞再高吸的也都是雾霾。"
我无言以对，忽然想起一个百战不殆的优势。
"阿姨，据说玩滑翔伞的都是年轻帅哥。"
老太太目光骤然一亮："真的？"
我用力点头，眼看着老太太露出满意的微笑，总算松了一口气。

迟羽是正宗的"剩女"，三十大几还没有固定男朋友。老太太急得要命，天天催。有一次我听到迟羽特憧憬地跟老太太描述："妈，我跟你讲啊！其实我也特希望结婚要小孩。你想想，到时候我就在飞机上分娩，抱着我家娃一起跳伞！唰！天高海阔，一览众山小。这证明什么？证明了我娃从出生就有眼界！长见识！绝对全世界独一份儿！"

从那以后我再没听过老太太去催婚，倒是经常跑我们几个这里来唠叨："有好的就给她介绍……万一将来她真要在飞机上生了，你们一定别管她的死活，把孩子给我抢下来……"

我说："迟羽，我突然发现你这个工作特别好！能来玩这个的都经济条件优越，身体素质佳，生活状态健康，在很大程度上自动筛除了那些混夜店身体垮掉的土豪大叔。最重要的是，一半都是帅哥！你好歹也算是个美女，这画面不要太泰坦尼克啊！想想两个人在高空孤独而又亲密地依偎在一起，白云悠悠青山依旧……可以这样……那样……这样那样……在你的心上……自由地飞翔……"

迟羽一副懒得理我的表情，下巴点了点不远处。我顺着她的目光看过去，正对上一个刚刚交了钱冲着迟羽呵呵笑着走过来的胖子。说是胖子有点保守，目测一米七五的个头，大概两百多斤。每走一步，浑身的肥肉都随着月亮之上的节奏一起颤颤巍巍地摇摆。

我忍不住打了个冷战："这哥们简直就是一只功夫熊猫……"
迟羽面无表情："上了天以后只有熊猫，没有功夫！"

那天我也飞了一把，帅气的男教练带着我在天上兜了差不多二十分钟的风，然后轮到迟羽陪着"功夫熊猫"飞。他们俩刚飞起来我就领悟了"只有熊猫"的精髓。胖子快要吓成一个精神病，自始至终气运丹田地"啊啊啊啊"尖叫，我们只看到空中一坨巨大的肉在不停地疯狂抖动，尖叫了五分钟就迅速落地了——确切地说是坠地。

我离他们几百米远都能听到迟羽几乎破音的咆哮："记住要领！用你肌肉最发达的地方着陆！着陆！尔着陆！你倒是着陆啊！！！"

"咚！"

天空一声巨响，熊猫闪亮登场。

两个人把沙滩差点砸出一个矿洞，如胶似漆地抱在一起滚了十几圈。迟羽晕头胀脑地爬起来，我跑过去扶她，她指着胖子话都说不利索了："我不是让你用肌肉最发达的地方着陆吗？"

胖子一脸懵懂与羞愧："不是……我……我浑身都挺柔弱的……到底是哪里呀？"

我和迟羽被他气得异口同声："屁股啊"

我们都不太喜欢胖子。但不妙的是，胖子经此一摔，居然彻底迷上了滑翔伞。天天来飞，还专门找迟羽做他的教练。理由是他是个胖子，得找个最瘦的教练，这样整体分量会轻一点儿，能在天上多飞一阵子。

我安慰她："只有顾客挑教练的份，没有教练嫌顾客的理。老天爷这是看你五行缺肉，特意给你补补。"

迟羽相当郁闷："就他那身材，配只蚂蚁也只能坚持五分钟。"

我拍拍她："凡事要往好处想，别人二十分钟才能赚一单钱，你五分钟一单，多爽快。"

迟羽咂巴了几下嘴终于回过味来，挥起粉拳就向我打来。

正说笑着，胖子从远处哒哒地跑过来，乐呵呵地不耻下问。

"迟老师！一会儿我想在空中拍照，怎么拍出全画幅的效果啊？"

虽然郁闷，迟羽还是认真指导："你把两条腿向前抬起来，分开，相机从两腿间拍摄，这样的角度最好。"

"啊！"胖子忽然跳起来，一惊一乍又下了我们一跳。"我懂了！"他一副醍醐灌顶的表情大声宣布，"不就是女生尿尿的姿势吗？切，直说不就得了！"

周围所有人的目光瞬间齐刷刷落在我们的身上。沉默两秒后，迟羽面红耳赤地哀嚎一声，捂住了脸。

迟羽在滑翔伞基地的人缘还是不错的。大约是大家都看出她被胖子缠得太紧，第二天，一名叫七哥的男教练主动提出愿意帮迟羽分担一些客人。迟羽求之不得，感恩戴德地把胖子推到了七哥的名单里。

胖子显然不情愿，但也无计可施。于是每天下午，整个基地的人都会看到蓝天白云间，一个胖子以诡异的"撒尿"姿势在另一个男人的怀抱里尖叫、盘旋，以比翼双飞的姿态翱翔在天地间……好在七哥有着极高的职业素养，胖子每次尖叫的时候，他都会耐心温柔地提醒要领，甚至直接抓住胖子的手帮他摆正姿势……这画面太美，没人敢看。

我揣了一把瓜子去找迟羽："七哥肯定对你有意思。"
迟羽却反常地没有反驳，沉默半天没说话。
七哥不帅，但五官很立体，皮肤微黑，不多言。搞户外的没有小白脸，肌肉线条不用说，让女生见了就忍不住流口水。
我感慨万分："女汉子的春天来了！"看着迟羽的脸渐渐红起来，我心里窃喜，终于忍不住嘿嘿笑了起来。
这次总算有办法向老太太交差了。

事情的发展很顺利，两个人确立关系只用了不到一个月的时间。七哥第一次拥着迟羽奔向崖边，一步迈出，伞花炸开的瞬间，漫山遍野全是我们的口哨声和叫好声，加上延缓了几秒的嗡嗡回响，仿佛一曲High至巅峰的摇滚乐章，到处都是此起彼伏的浪漫余韵。

迟羽说，她从来没有觉得时间这么短暂过，虽然飞了二十多分钟，却觉得只过了二十秒。
我说：傻姑娘，这就是爱因斯坦的相对论啊。

七哥说：迟羽，这个时间太短，不要紧，以后我们会一起去许多地方，我们可以高空跳伞，和那个相比这个滑翔伞就是小case。我们会一起融化在蓝天里，更高，更久，更远。我会陪你直到世界的尽头。

他凝视着迟羽，专注而深情。迟羽年轻的脸庞上绽放出喜悦而明亮的光芒，那是被爱的女孩独有的神采，很美。

我在一旁拼命鼓掌，莫名其妙想起迟羽刚换工作时曾说要抱着孩子跳伞的玩笑，忽然打了个小小的冷战。完了，找个同行当对象，这事儿有玩真的前奏。

爱情在统一的目标面前犹如烈火烹油，何况两人同行的酒店折扣优厚。鉴于以上两点，他们的爱情疯得很彻底。工作的间隙，两个人几乎跑遍了大半个世界——西藏骑行，攀登珠穆朗玛峰，甚至还去了一趟南极。我正感慨原来搞户外的存款也不少的时候，就收到了他们从美国寄来的照片。果然是高空跳伞。照片中俯拍的尼亚加拉瀑布美极了，近景是两只交缠的手——七哥在给迟羽戴上戒指？闪婚？这也太快了吧！

我把照片拿给老太太，老太太看了好半天，哆哆嗦嗦把照片收了起来，然后眼含热泪地问我："他们不会在天上摆酒吧……份子钱可怎么收啊？"

我知道以迟羽和七哥的个性，应该根本不会在乎仪式，更不会在乎任何人的看法和眼光。在我看来，似乎只有飞翔与自由，才是他们爱情的基础和唯一的归宿。

后来我回到自己的城市开始一份新工作，公司业务繁忙，迟羽打来电话时我大多在酒桌上大着舌头跟人家谈业务，如此几次就渐渐少了联系。直到去年妹妹暑假无聊，要我带她出去玩。我忽然想到滑翔伞基地，又想着很久没见迟羽两口子了，索性直接到了那边给他们一个惊喜。

结果开了半天车到了基地才发现，他们不在。问第一次带我飞行的教练他们去哪了，回答居然是两个人都辞职了。

我惊讶之余忍不住开玩笑："不会真的双双去当高空跳伞教练了吧？"
教练手脚麻利地帮我扣上伞包："不会的……以后应该安稳过日子了。"
我根本不信："怎么可能？不玩这些，还不如要他们俩去死。"
他绕到我身后，推着我奔跑，我感受着熟悉的风擦过脸庞的感觉，奋力大步向前冲去。
飞起来的一刹那，他在身后大吼出声——
"你知道去死是什么意思吗……就是去他妈的我不想死！"
……

在空中盘旋的二十分钟里，我听到了一个悲伤的故事。教练告诉我，迟羽和七哥结婚后的第二年，在一次常规飞行中出了事故。

那个下午本是一切正常的，然而就在迟羽独自起飞时，突然间一股极其少见的超强气流席卷而上。这是相当危险的突发状况。七哥离得远，跑过来已经赶不及了。迟羽体重轻，随着已经散开的伞翼腾空而起。一向冷静的她终于慌乱了，发出惊声尖叫。所有的人都吓呆了。

谁都没想到，那个时候，胖子忽然从旁边冲了出来。他奋力一跃，死死地抱住了迟羽的腿，任凭下面的人怎么喊也不放。强气流中的伞翼因为胖子的出现而大大增加了负重，慢慢恢复正常，加上迟羽努力平复情绪，操作手法又比较熟练，终于慢慢恢复了飞行姿态，逐渐降低了高度。

可是胖子没有撑到最后一刻，在离地面高度还有近五十米的地方，他的手松开了，力尽而坠。几分钟后，迟羽安全降落在他的身旁。

胖子的肋骨摔断了大半，口中还噗噗地冒着血沫，他们把他送到医院没几分钟就宣告不治身亡。

胖子的母亲赶来时，一切已经结束了。她在ICU门口死死抓着迟羽的手，没有怨骂和责备，只是一直流着眼泪，沙哑着嗓子追问她："在空中我儿子抓着你不放的那几分钟，他有没有说了什么话？那是他的遗言，请告诉我吧。"

迟羽哭着摇头："阿姨，对不起，他就说了一句：迟羽，快降落吧。"

迟羽，快降落吧。

我和教练落在沙滩上的时候，我整个人都呈大字形扑倒了。摔得挺狠，手机、鞋子、衣服里都灌满了沙子。我不想抬头，埋在地里像只鸵鸟一样呜呜地哭，眼泪和着沙子在脸上汇成了泥石流。

忍不住想起那年看着胖子要宝。"屁股啊！"我们喊。所有人又笑又骂。

胖子啊……

再见到迟羽，她在一家公司里做文职工作，每天朝九晚五地上下班。
最重要的是，她怀孕了。
我拥抱了她，看她气色不好，放下一半的心。
我问她："生活得还习惯吗？"
她微笑："以前以为自己会不习惯，结果真这么一天天尝试着过，感觉居然也不错。"

我担心她怀孕情绪不稳，没敢提起胖子。直到一顿饭吃完，买了单，我们两个傻坐在餐厅的落地窗边等七哥来接她，她却没头没脑地开了口——

"……头上的气流像要把我扯上去，其实那是我期待很久的一种感觉，好像下一秒就自由了，无拘无束了。不用再听我妈的唠叨，不用再过枯燥的生活，可以一直飞一直飞了……可真到了那个时候，我忽然发现自己原来没有想象中那么期待！我居然害怕了……我不想死，不想离开……我还没孝顺我妈，我还没生个小孩陪他长大，我还要跟七哥白头偕老……

"然后胖子抓住了我。他真沉，要是以前我一定狠狠笑话他，可是那个时候我多依赖那分沉重啊……他死死抓住我的脚，我们终于开始慢慢下落，我的心也在一点点平静下来……然后离地面越来越近，越来越近……我对他喊：胖子，我们就快要到了……"

她的话音戛然而止。别过头去，眼睛死死地看向窗外，一眨不眨，抿着嘴唇僵在那里，仿佛在努力地控制着某种情绪，不肯回头看我一眼。

我一句话都说不出来。

随车一起来接迟羽的还有老太太。七哥扶着迟羽走在前面，老太太凑到我的耳边，喜滋滋地说："总算踏实过日子了，我死都瞑目啦。"她脸上的皱纹写满了由衷安心的笑容，那是一个母亲最为知足的表情。

那天晚上我啃了四个猪蹄，吃得满脸油花。迟羽嫌弃地赶我去洗手，我洗过手却找不到护手霜，扯着嗓子问她放哪了，她说放在卧室的床头抽屉里了，让我自己去找。我走进她的卧室，打开抽屉，翻出护手霜，却忽然注意到旁边放着的一个旧手机。看上去有点眼熟。

我多看了几眼，猛然想起，这不是胖子当初"撒尿"时天天举着拍照的手机吗？我忍不住拿起来，信手划了两下。手机没有密码，打开就是相册。相册里没有一张风景照。

都是胖子与迟羽在空中的合影。我愣了很久，直到抓着手机的手心都有些隐隐发烫，才明白过来。

所有人在天空中都想拍到更多的美丽风景。胖子的每一次拍照，开启的却都是自拍模式。他只想偷偷拍那个身后陪他飞行的女生。她却从未低下头留意过他的动作，正如她从未来得及正视他的心。

我们初见时的玩笑并没有说错。胖子的确是一只功夫熊猫，只是这一生只使出了唯一的必杀一招，救回了一个最想拯救的人。爱那么沉重，又轻似尘埃，都化成最后的一句话。

迟羽，快降落吧。我仿佛听到胖子喃喃地说。

我抬起头，透过卧室的门看出去。迟羽窝在沙发里，笑着靠在七哥的肩膀上，轻抚着自己高高凸起的肚子。老太太在一旁削着水果，跟七哥轻声地聊着什么。温暖的灯光洒在他们身上，笼出柔和的晕影。

这应该是胖子希望看到的画面吧。我想。

我们曾在高高的天空中被风吹乱了头发，却找不到回程的轨道。然而总会有那么一个人，他甘于成为那个沉重而死板的负担，带你下坠，带你回归。如鸿鹄化为燕雀，收起翩然翼，落足凡世间，从此学会做一个安心的傻瓜。

什么是幸福啊，亲爱的朋友？

你爱的人，飞越天涯。
爱你的人，等尔回家。

与　妻

文 ／ mlln　大学教师　@mlln先生

那时她并不是我的妻子，我甚至还没有想好应该如何向她求婚。每当看到别人将颇具创意的求婚视频发到网上，被万人点击、羡慕的时候，我都会心怀怨恨地喊一句：妈的，又一条路被你们这帮孙子给堵死了。

中学时候我们是同班的同学，我曾把一封情书夹在书中交给她。那是一个星期五，全班大扫除，我擦玻璃，她扫地。两天之后，她给我写了一封长信，厚厚几页。我颤巍巍地躲进男厕所，小心翼翼地打开，但看了不到两行，就难过地将信投进了厕池，按下冲水按钮。她的第一句是：我觉得我们年纪还小。恋爱后她告诉我，其实那封信后面写的是：我对你有好感，但是，能不能等我们毕业之后再恋爱呢？

高中的时候我们分隔两个学校，并没有什么联系，高三时，她突然焦急地打电话给我，要找一份我们学校的政治复习资料。我装作文科班的学生走进了学校的图书馆，和管理员老师说，我是文科十班的学生，我的资料丢了，能不能再买一份？于是顺利得手。

临近高考，她通过手机短信约我去崇文图书馆学习。我记得尤其清楚，时节还未入春，我蹲在胡同的公共厕所里，一字一句，颤颤巍巍（大部分是冻得）地斟酌着如何回复，反反复复，删删改改。在图书馆见面的时候我才知道，她因为肺炎休学了将近一年时间，并且没有选择重读。于是，我在自习室里给她讲数学题，又把讲过的题目按照解题步骤一字一句地写出来，催促她回家复习。我清楚地记得，当时崇文图书馆正在举办计划生育系列宣传活动，一位大妈走到我们跟前，将宣传单交给我们学习，上面赫然写着五个大字：只生一个好。

高考之后，我们和很多人一样，阴差阳错地恋爱了。她一直骄傲着，不肯承认是她首先抛出的橄榄枝。我的记忆中，事情是这样的，她给我发来了一条短信，想问我一个问题：A和B认识很多年，彼此有好感，但没有在一起，怎么办呢？我虽然脑子笨，但似乎嗅到了一些端倪，于是傻了吧唧地，竟然给她的闺密打电话，问到底发生了什么。唔……不堪回首的傻气。但不管如何，高考后的那个假期，我和她去逛了未来的大学校园，我们相隔并不遥远。去参观她学校的文科楼时，看门的阿姨不让我进，她说我是她的行李，就是没有拉杆。

我们第一次牵手是在王府井大街的FAB音像店。当我们逛到了"人迹罕至"的国产DVD售卖区，我主动牵上了她的手。然后我们去了王府井的肯德基，她是个大大咧咧的姑娘，阴差阳错，把可乐洒了一身。去卫生间擦衣服的时候，一个小女孩和她说：姐姐，没事的，我也洒过。

我和父亲说，我谈恋爱了。父亲没说什么，只是问我是谁，然后点点头，嘱咐我好好学习。她向母亲坦白我们的关系时，我们站在首师大第二校区门口的公交车站上，迎着呼啸而过的汽车，我握紧拳头，屏住呼吸。

我给她的第一个生日礼物是一条项链。那是我吃了多半个月的馒头和炒青菜，攒下钱和哥们去地安门商场买的。那条项链是柜台上一排二百元特价商品中的一个。实际上，四尺见方的首饰柜台，我和哥们一起足足转悠了半个多小时，最终摸了摸钱包，叹了口气，发誓今后有了钱，再也不给她买特价商品了。

入冬的一天，我送她回家，在小区中我们两眼相望，口中冒着白气，准备结束彼此的初吻。这个时候，一辆大卡车轰隆隆地开过，停在我们面前，灯光刺眼，从车上跳下来七八个年轻的小伙子，准备卸货。

那时候我没有什么钱，省吃俭用攒了一点，加上凶猛的砍价，才给她买了九朵玫瑰花。那天是她军训前在学校的最后一晚，下着雨，她穿着军装下楼看我。我想拥抱她。她怕同学看到，不敢和我在楼前拥抱，于是我遮上了厚厚的雨伞。

某天下雪，她下课很晚，我买了一个肯德基套餐在门口等她。她的胃不好，我就把套餐塞进了自己的棉袄里，怕她吃凉的。但其实妻并不浪漫，很多年后她才偷偷对我坦白：当时脑子里除了感动，其实呢，我还有一个莫名其妙的想法——这位同学你洗澡了吗？唔，也是一次大雪天，我在魏公村的天桥上把她抱在怀里。她拍拍我的肩膀说：挺冷的，要不咱们赶紧走吧？

大学时我过得并不如意，也不喜欢自己的专业，终于决定考研。一年的考研时光里，我经常失眠，脾气变得很坏，她却一直默默地容忍。考研前一天的傍晚，因为心理上的崩溃，我决定放弃，她打电话给我，彼此长谈了一个小时，我则在电话里大哭一场。最终，我听从了她的话，准备参加考试。大约是命运青睐，我被顺利录取。我至今记得她对我说：改变你能改变的，适应你不能改变的。生活就是这么简单。

在我还有点文学理想的时候，投过几次稿，还曾被一个编辑在"编者按"中用嘲笑的语气讽刺了"某些莫名其妙的投稿人"。那时候我很不开心，一种壮志未酬的悲壮感，悔恨自己竟不能在中国诗歌史上留下点什么（大多是把创作的冲动误认为是创作的才华了吧）。后来听朋友说，她一个人跑到邮局，为我抄下了很多杂志的地址和联系方式。

我为她写了很多诗歌，机缘巧合，被朋友谱成了一首歌，叫做《给郁结的诗》。里面第一句歌词是："我站在未完工的两广路上喊你的名字，除你之外我对眼前的整个城市一无所知。"很久之后，有人问我，未完工的两广路是什么样子呢？望着眼前停车场一般的拥挤街道，我突然不知道怎么回答，但并不惋惜，因为那些画面与片段，我们两个人都一直存放在心里。

后来，我并没有走上文学青年的"不归路"，转而读了博士。我没什么钱，屋子里摆满了同样不值什么钱的书，东一摞西一摞。她从来没有埋怨过我，她说，不管你什么样，我都跟定你了。我觉得很亏欠她。某年暑假，我第一次在外面兼职教英语，赚了几万块钱，一路小跑去找她。连续一个月、每天十一个小时的工作后，我的嗓子早已经失声，只好抱着她傻乐。

我们曾经设想过很多结婚的事情，我开玩笑说，不如结婚那天，我用自行车驮你吧。她恶狠狠地看着我，谁爱和你结你去找她吧！有时候，我们的生活和动画片一样，起伏跌宕，她总把我说成反面的角色。她还喜欢阴险地点评别人的婚礼，然后和我总结经验。

她已通过可恶的司法考试，拿到律师证；我回到母校教书，整日读读写写。我不知道我们的未来会是什么样，我们会居住在什么地方，我们的孩子会叫什么名字（我说如果生下双胞胎，一个叫董小刘，一个叫刘小董）。

某天，她跑过来胳肢我，问我，痒吗？我说，痒。她说，我们快要进入到第七年啦。于是我们无比恐惧地看着彼此。七年之间，我们的恋爱渐渐从相识时的怦然心动，变成了不知不觉间的温暖，并且这种温暖，也会不知不觉被我们忽略，甚至变成了难以免俗的平淡和偶尔的争吵。

昨日，我走在台北市北投区的温泉街上，丢掉了一台手机。在那条小街上，我寻找了两个小时，之后半夜拉着台湾的朋友去警察局报案，做笔录到凌晨三点。我大大咧咧到令人发指，光去年就丢了四台手机，以至于朋友不解我为什么单单为了这一台手机如此难过。我告诉他，那台手机是女友送我的生日礼物，里面有很多我们一起吃大餐看电影逛商场时候的照片，也有我们无数个晚安短信。每当想起这些，我就后悔得忍不住扇自己嘴巴。

我在街上发疯似的寻找，却没有得到一点消息。半夜两点，她担心我睡不着，还在网络上等我，安慰我说不过是一台手机而已。我也终于忍不住眼里的泪水，将实话向她全盘托出：

"其实，你知道吗，我多么希望，那时候，你会从北京的家里，瞬间来到台北的大街上，绕过遛狗的大叔、卖水果的欧巴桑、雾气腾腾的温泉，一直走向我，微笑地看着满头大汗的我。如果这样，我一定很不像个男人，跑过去抱住你，孩子一样地痛哭。我们恋爱七年了，日子平淡得让我们对爱情甚至不知所措了。谢谢这台丢失的手机，让我无比清晰地明白了，其实我是多么在意我们一起走过的路，在意我对你每个表情的收藏。

"我为失去这些过去的瞬间感到难过，失去你的笑容，就像我没有让你快乐过一样难过。郁结，唯一让我感到欣慰的是，十天之后，我回到北京，看见下班之后，在公共汽车站等车的你。我一定要绕过买菜回家的大妈，绕过地下道卖唱的青年，绕过西装革履的白领，冲过去抱住你。

"然后挠挠头，冒着傻气告诉你：郁结，我好久没说了，我爱你。"

CITY LIGHT 近视之光 / 象牙塔

致 我 亲 爱 的 罗 宾 汉

文　顾颖　媒体从业者　@锦衣游顾颖

我第一次见到罗宾汉也许是五岁，也可能是六岁。他是一个比我大一岁的小男孩，样貌嘛，他儿时的长相我有点记不清，应该还不错吧，否则我不会跟他一起玩。我们相识的场合很优雅大气上档次，是上海博物馆。嗯，因为我的爸爸和他妈妈都在上博上班，放了暑假就把我们带到单位里放养。他比我大一岁，所以他早来一年，已经对地形非常熟悉。我不太懂那个年龄的小男孩心理，反正我觉得他很喜欢我。他几乎立即接受了我，把他探索一年的成果毫无保留地与我分享。

对于他的热情勇敢我很受宠若惊，因为小时候我是个丑丫头，在幼儿园这样桃花盛开的地方，没有男嘉宾愿意和我牵手。当然，现在看来这可能不是坏事，人的桃花运是有限的，幼儿园这种阶段，没必要放大招。总之，他的毫无保留使我感动，事实证明，除了这个时期的罗宾汉和我爸，在之后的漫漫人生中，再也没有男人对我毫无保留过。

旧上海博物馆是幢英式的保护建筑，前身是银行。其实我觉得它比现在的博物馆更像一座博物馆，红色的砖墙，尖尖的顶，停摆的钟楼，打蜡的地板，罕见的半楼中庭和拼花大理石地面。我蹲在地上伸出手，罗宾汉背对我，拉着我的手，一圈一圈在光滑的大理石上疯跑。这是他发明的游戏，叫拉黄包车。他发明这个游戏有段时间了，直到我的出现才有了实践的可能。手拉手一起做喜欢的事，不管是六岁还是六十岁，总是让人心底柔软又喜悦。活到现在，我所渴望的也不过如此，或许六十岁时依然不改变。

这个游戏使他一跃成为我最好的朋友。那年暑假就像个童话。我们在阳台上捉来西瓜虫，卷起当当弹珠滚。我们奔跑，穿梭，探险，整座博物馆都是我们的领地。雕塑馆是我们的御用捉迷藏场地，一座座没有鼻子的高大泥塑完全遮挡住我们幼小的身影，一抬头，就可以望见佛像慈悲神秘的嘴角，他们半垂的眼看到了我们每一个藏身之所和弹指而过的无忧童年。我们爬上钟楼，一览无遗的黄浦江流水滔滔，江风将我们挂在栏杆上的手帕旗吹得猎猎作响，我们手拉手，仿佛征服了全世界。

作为一幢为银行而设计的建筑，密道和密室是必不可少的存在。有些密室是开放的，对大人而言需要象进霍比特人的屋子那样猫着腰进去，没有窗，只有四面的墙，昏黄的灯光，满壁文书和窑洞里的职员。密道多数上了锁，一扇扇隐蔽的小门引人遐想。罗宾汉试图将硬币塞入门缝，听它掉落的声音，然后煞有其事地说："很深，里面有条龙。"那时的我已经对他深信不疑，在寻龙事件上我觉得必须与他同进退，于是我拿了我爸办公桌上的纪念币也郑重地塞进了门缝。龙自然没出现，出现的是我爸。这个事件使罗宾汉成为了第一个对我许下未来的男性。他说，有一天我会打开这扇门，拿回硬币，还有我们的宝藏！

忘了从哪一年起，暑假我爸不再把我带到单位去。可能是因为我长大了点，体形已经不再适合在博物馆里疯跑卖萌，我和罗宾汉就这样断了联系。我爸是个粗糙的人，他甚至没想过应该让我们有个告别仪式。所幸，小孩是最忠诚的却也是最健忘的，上学后，一个叫"同学"的名词进入我的生活，罗宾汉就像一本合上的小说，每一个字都很精彩，只是被遗忘了。

再见罗宾汉是一个午后，他从房内睡眼惺忪地走出来，懵懂地望着我和我爸。他妈妈笑着说："几年不见，不认识了吗？这是和你小时候一起玩的妹妹啊。"他看了我几秒钟，转过身，走进屋，关上门。

"呀，这孩子，睡糊涂了。我去把他叫出来。"

"不用不用，我们就过来看看，祝贺乔迁之喜啊，以后就是邻居了。"

"也当不了多久，大家等动迁嘛。"

我和罗宾汉从博物馆同盟降到弄堂玩伴，场所变化极大，但我们适应得很好。我家楼顶是一个很大的晾晒露台，有一个小花房和不知名称的各种植物，星星状的红色小花爬满每一根能攀爬的架子。露台离外滩很近，能听到黄浦江上船只孤单的汽笛声，鸽子从天空中飞过。罗宾汉不知从哪里找来一卷尼龙绳，我则贡献出我妈的搓衣板，我们竟在露台上捣鼓出一个非常成功的秋千。那时候我有点早熟，才小学五年级已经在读《红楼梦》了，放了学就坐在秋千上读书，颇有文艺幼女的风范。他则在读《鹿鼎记》，笑得乐不可支，他翻到韦小宝第一次出场的那章对我说："前面不好看，你就从这里开始读。"从此我脚踩言情武侠两道。后来我把《鹿鼎记》翻来覆去看过好几遍，而他说的不好看的那部分，我至今也没有读过。

初夏的风重新吹开那本合上的小说，雪白的书页在风中起舞。林妹妹在汽笛声中泪流满面，罗宾汉与再也未读过的那几章《鹿鼎记》一起，交错在记忆里。

作为一个有悲观情怀的幼女，我曾经考虑过这个秋千会以什么样的方式坏掉，想来想去，都觉得只有一种可能，就是被我们坐坏了。于是我暗暗希望，一定要坏掉的话请在罗宾汉坐着的时候坏掉，而不是我。怎么说他也比我皮实些。但我没猜中开头，也没猜中结果。有一天秋千坏了，只剩下搓衣板躺在地上，谁也没有坐坏它，是我奶奶看中了那股尼龙绳，把秋千拆了。孩子眼里亲手搭建的梦想，在大人看来只是一卷尼龙绳，一块搓衣板。

第一次梦想的陨落，使我对在露台上看书这件事有点阴影，我走下露台，走入弄堂，和女生一起玩体力游戏，跳橡皮筋。那时，罗宾汉也已经有了自己的群党组织，很少和我一起玩。有一天，两群人马狭路相逢，相安无事。我们跳我们的，男孩玩男孩的。轮到我上场时，罗宾汉停下活动，笑嘻嘻地站在一旁观看。接下来的事情我有了短暂的失忆，世界猛然颠倒，我的鼻子磕在地面上，血流如注，哭得惊天动地。我趴在地上抬头望去，所有小朋友此刻都幻变成了黑压压的庞大阴影。罗宾汉一张脸煞白，呆滞。

在这场噩梦中我妈宛如神奇女侠，原本待在家里做饭的她凭空出现在我身边，把我送去医院。据她后来说，她隐约听到了我的哭声，就下来看看。隔着三条横巷她还能听到我的哭声，我觉得除了耳尖之外，还侧面论证了这世上的确有超能力，通常称之为母爱。那天晚上我妈和我爸起了争执，原因是我妈了解到事情的过程，是罗宾汉伸腿绊了我，我才会摔倒。她坚持要带着我去罗宾汉家里讨个说法，我爸则劝说，只是小孩子一时淘气，毕竟大家是邻居又是同事，不如算了。最终我爸拗不过我妈，我妈领着鼻子里塞满棉条的我踩踏着陡峭黑暗、吱呀作响的木质楼梯，敲开了罗宾汉家的门。大人们说了些什么我已经忘了，我只记得一幅画面．从头至尾，罗宾汉站在光线微弱的壁角，一言不发。我妈带走我的时候，我回头对上他的视线，头顶传来我妈的结束语："以后别跟他一起玩了。"

没多久，我也升入了初中。即使没有我妈的那句嘱咐，我也不会和他一起玩了，同样，他也是。我和他不在一个学校，或许是因为学业，或许是因为距离，总之我很少看到他。偶尔一瞥，只有匆匆而过的背影、书包的一角，快得我来不及开口叫他。又或许，快得让我有理由不开口叫他。那时动迁的事越来越确凿，连我这样的小孩都知道不久这一片就要拆除了。而我和罗宾汉也许就以这样的方式告别平凡又绚烂的童年，我们都不是彼得·潘，到了该长大的时候，毫不犹豫，毫无选择地长大了。

某天的傍晚，我和两个男同学一起放学回家。自从进了初中，我才对学习这回事有了新的认识，之前我以为头脑简单才四肢发达，反过来说，四肢不发达的人头脑就好。直到第一次期中考试的成绩单下来我才对立了正确的观念，正视了自己四肢不发达，头脑同样不发达的事实。

和我一起回家的其中一个是学霸，一路朗声笑语，这是他一贯的做派，在这个以学习成绩论输赢的年纪，赢家都是这么过日子的。作为双料学渣的我，则习惯低头走路，这使我在整个初中时代捡到过好几回钱，其中一次被同学看到，分掉了一半。学霸高亢的笑声回荡在放学路上的空气中，以傲慢自信的波长越过我低垂的头顶，在空中演示着舍我其谁的勾股定理。忽然间，一个身影后来居上，一脚踢在学霸的书包上。学霸的笑声戛然而止。罗宾汉从他身旁头也不回地走过，像什么事也没发生过。学霸到底是学霸，他居然没有吵吵嚷嚷或报复寻仇，只是很平静地低下头继续往前走。这种对情势的迅速判断注定我永远成不了一个学霸。

我傻呆呆地站在街角。关于那天，是什么季节，怎样的天气，我早已忘记。但记忆是有修改功能的，在我的记忆里，那是一个流霞千里的黄昏。夕阳的斜晖落在罗宾汉背着书包的肩上，拖出一道瘦削纤长的影子。没有语言交流，但有音乐，音乐是我心跳的频率，第一次有了全新的节奏。

动迁毫无悬念地开着推土机碾入我的生活。仿佛一个光怪陆离的梦，邻居、玩伴们就像被橡皮擦去的字迹，前一天还鲜明喧闹，转眼就灰暗寂静，一个个凭空消失在石库门弄堂里破旧的、长着灰绿苔藓的砖墙缝隙间。如同"一天一个样"那句口号，那段日子，我每天放学回家都能看到变了样的家园。断壁残垣，满目疮痍，被肢解的不是建筑，而是传统的平衡与生活。而我妈立志要做改革开放后第一代"钉子户"，坚守到最后，这是她人生难得的走在时代前沿的机会。后来我很感谢她的决定，因为那几个月生活在废墟里的经历带给我不可磨灭的荒凉无常的震撼和奇特美感，大大提升了我对考古的兴趣。

我以为罗宾汉会和其他人一样不告而别，那时我已经习惯了一个人消失，一幢房子变成碎石块。我们在惊讶那些生活在悲剧里的人是怎么扛过来的，其实只是因为我们没有身处其境。习惯是世上最可怕的力量，它能使任何一样非正常的事件变成正常，能让痛苦不再痛苦，更危险的是它也能让幸福不再幸福。

我和罗宾汉已经太久没有说过话，他比其他人更有理由凭空消失，所以当他站在废墟的尖堆上喊我时，被动迁生活搞得神经质的我一度怀疑他只是个虚像。他从废石堆上跳下来的姿势不太潇洒，踉跄了一下，站稳了。耳根被夕阳照得有点红。他把手从裤袋里抽出来，可能就是因为手插裤袋才使他刚刚飞跃而下的动作失去了平衡。他向我伸出那只手，就像小时候无数次向那个丑女孩伸出手一般。

"给你的。"他说。
我摊开手，一枚纪念币掉落在掌心。
他拍了拍裤腿，掉头而去。
我明白，他不会再回头了，这是他的告别，但不是我的。
我对着背影大喊："罗宾汉！"
他转过身，逶遥而望。
我挥着手，"再见。"
他望了一会儿，走了，背着身挥了挥手。
我在废墟丛中笑得灿烂。他是香港电影看多了吧，这样做一点也不帅，一点也，不帅。

动迁工作进入了尾声。我妈终于决定搬了，历史性的第一代钉子户抗争以失败告终。她所提的要求一项也没得到满足。我认为她这次抗议行为的最大作用就是为政府在未来的动迁工作中如何应付并拔除钉子户的实践操作上，提供了弥足宝贵的经验。

那是我最后一次放学回到我即将被拆除的家，门口拉着警戒线，遍地看热闹的群众。拆迁工人在拆除弄堂转角的大发布店时挖出了地下宝藏，不计其数的金币与玉器。这大概是我那即将远去的童年最后一次向我展现了梦想的瑰丽色彩。我蹲坐在生活了十四年的小北窗，想象力飞到异世界，一个有密道、宝藏、龙和骑士的世界。

我没想过我和罗宾汉的告别是不是永别，我太年轻，还不懂得什么是永别。我以为我们就如那句"再见"般总有再见的一天，但是我们再也没有相见。偶尔我会从我爸那里听到他的消息，他考上了什么学校，成绩好不好，仅此而已。

我从幼女长成了少女，不再是丑丫头。有不少人曾经问我秘诀，我说意念很重要，缘起一念间，你如果成天想着我要变美，外表与灵魂，至少有一样，真的会变美。

在外贸服饰街华亭路拆除之前，我梳着双马尾，淡粉色的衬衫，牛仔裙，白色帆布鞋，以一个青春少女的标配赶着最后的热闹。那时候我已经对"最后一次"、"唯一一次"、"拆除"这样的字眼习以为常了。越是"最后"越要经历，"最后"就好比一个故事的结局，无论好坏，它是一个句号，是一个结束，也是一个新的开始。而我们的生命，却是没有最后的。

那一天，是我从一个丑女孩变成一个正常少女的重要认证日。

有一位自称是记者的中年男人走上前，说想在华亭路被拆除前拍一张时尚女孩站在街边的新闻照。他掏出记者证给我看，当时的我并不知道记者证应该长啥样，如果确定后来几年没改过版的话，那我当年遇到的一定是个萝莉控的变态。但是，要理解从丑变美的少女心理，即使虚荣也值得原谅。我半信半疑，带着隐约的窃喜站在街口，在标着华亭路的路牌旁，手扶肩包，眼眺远方。

转角KFC的门被推开，一个少年手持着纸杯可乐快步离去。
这次，依旧是背影。
这次，不是相见，只是单见。

"头向左侧一点。"我侧过头，目光仍停留在远去的背影上。
快门声响起，将这一刻定格。

后来我没有看到过自己这张照片，我忘了问那个记者要登在哪里；也可能，他就是个猥琐大叔，拍一张少女的照片自己留着看，根本不会登出来。

可是，直到现在我还是会想起。
照片上的少女，是什么样的表情。
她远眺的眼神，是怀念，还是，怀念。

所以，珍惜每一个"最后"，不管好坏，那至少是一个结局。就像我和罗宾汉，又过了很多很多年，在庄重宏伟的大英博物馆里，我望着拉美西斯二世的雕像。

"你怎么看？"一个男声在我身旁响起。
我穿着高跟鞋，长发披肩，涂着玫瑰色的口红，双手交叉在胸前，侧过脸，偏着头道："我觉得可以下手。"
他仰面大笑。
"你还是老样子。"
我亦笑。
"你也是。"

这只是一段想象，并没有发生，也不会发生。我们的结局依然定格在KFC的门口，远去的背影里。这样的结局和"最后"无关，好像一个省略号，没有结束，没有开始，不符合我荒凉的废墟审美观。深秋的夜晚，我打开电脑，为这个故事写下一个新结局。

"Hi，罗宾汉，好久不见。你在地球上还好吗？那天我在肯德基门口看到你了，穿着白衬衫，走得那么快。如果你不是向左走，而是向右走，就能看到我，看到最美的年纪里最美的我。让你看了这么多年的丑姑娘，真是抱歉，却连一次补偿的机会也没有。想想还是有点遗憾。

"你搬走后，大发布店的地下挖出了宝藏，名副其实的宝藏。假如那天你也在，我想我们会有办法偷出一枚金币，然后奔向我们的秘密基地，把它塞进密道的缝隙，听它清脆的掉落声混合着龙那浑浊的鼻息。

"虽然你没有遵守承诺，你没有取回我们的硬币和宝藏，但是我没有怪你，也没有失望。那两枚硬币在我的回忆里，在龙的巢穴里闪着永恒的微光。谢谢你带给我充满想象力的童年、永不褪色的梦想，和不会随着时光消蚀的浪漫。

"致我亲爱的罗宾汉，见字如面，愿你一切都好。"

还有，
我曾经喜欢你。
就像喜欢一朵云，一阵风。

星球1301号 / 赵喻非

一 个 歌 手 的 情 书

文　　大冰　　作家　　民谣歌手　　主持人　　@大冰

你是普通人，我是普通人，他也是普通人。

世界上的人大都是普通人，大部分普通人都信步漫行在普普通通的人生中。

大部分普通人，大都习惯了在周遭旁人林林总总的故事中彼此扮演路人甲。

谁不想成为引人注目的主角呢。

都想，是个人都会想。

又想又怕又想，然后微微害着羞，自己跟自己说：呵呵，还是算了吧，哈哈。

从三叶虫进化到灵长类，生物对安全感的追求决定了一些自然法则，乃至社会生活法则。

故，在庸常的生活里，普通人难得成为众目睽睽下的主角。

但世事无定法。

诸看官明鉴：再普通的人，也会在一生中某几个节点隆重登场，理所应当地成为主角——比如新生儿的落草，比如驾鹤西行者的入殓，比如新嫁娘的婚礼。

所以满月酒很重要，所以证件照很重要。

所以，举行婚礼仪式的酒店很重要，伴娘的人选和颜值很重要，冷焰火和香槟塔很重要，婚纱是租是买是长是短带不带水钻有没有面纱……很重要。

严格意义上讲，婚礼不重要，如果你是封红包随份子去喝喜酒闹洞房的话。

但严肃意义上来讲，婚礼对你我每一个人都很重要，如果你打算结婚的话。

你自己的婚礼一定很重要。

因为这个世界上谁不是普通人？谁不曾经是个普通人，谁不终将是个普通人？

因为对于每一个泯然于众的普通人而言，当一次主角，很重要。

我主持过很多场婚礼，我所有好朋友的婚礼都是我主持的。

我乐意去主持，因为可以省下份子钱不用给红包。

他们也都乐意让我主持，因为我随机应变主持得好，还自备西服领带。

2012年6月10日，在云南丽江的大港旺宝酒店，我给一个江湖兄弟主持过一场婚礼。

这是一场我永生难忘的婚礼。

因为我主持砸了，但大家却都很满意。

主角们也都很满意。

证婚人小松捏着话筒，动情地说：我们家三爷三嫂搞破鞋，终于搞成功了！

我要疯了。

这是我主持过的最奇葩的婚礼，这是我见过的最二逼的证婚人。

奇葩的不仅是证婚人，伴娘也一样奇葩。

大喜的日子，伴娘出幺蛾子，收完开门红包后还是堵着门死活不让新郎进，非说之前没正式求过婚，非要新郎隔着防盗门补上，喊不够一百声"我爱你"绝对不开门。

新郎周三是个老实人，老老实实地单膝跪下，一声接一声地说：嫁给我吧我爱你！

他说一声，门里的伴娘们数一声，数到八十多声时也不肯开门……怎么着，真要凑个整数啊。

门外接亲的伴郎们已经开始撬锁了，门里的伴娘们不急不慢地数着：九十一……九十二……

数到九十七声"我爱你"时，门咣当一下开了，闪倒了一堆伴郎。

白衣飘飘的新娘子扶着门抹眼泪儿，又哭又笑满脸放泡，泪珠顺着手指头往下滴答，假睫毛眼瞅着快要被冲掉。

隔着一堆东倒西歪的伴郎，新郎周三傻呵呵地说：老婆你莫哭，还差三声就数完了。

他单膝跪着，认认真真地喊：嫁给我吧我爱你……嫁给我吧我爱你……嫁给我吧我爱你！

新娘子伸手把他薅起来，另一只手冲屋里挥舞，她带着哭腔说：值了！这他妈是周三第一次对我说"我爱你"！

周三：啊呀，老婆你不哭好不好。

他一边说一边摊开手掌给她擦眼泪，一不小心把假睫毛给蹭下来了。伴娘们冲上来，七手八脚地粘睫毛。

新娘子睁着一只眼闭着一只眼对她的法定夫君说：好！不哭！你肯对我说这么多遍"我爱你"，我以后都要笑着。

新娘子叉着腰，仰天大笑，刚粘了一半的睫毛又被扯下来了。

我从没见过这么奇葩的新娘子。

她还真是说到做到，接下来的整场婚礼都一直在笑。理所应当的娇羞和端庄她全忘光了，只是一味兴高采烈地笑，像吸了氧化亚氮（笑气）。

按规矩，新娘子一登台，司仪一般要说：新娘子请跟我们分享一下你现在的心情吧。

常规回答是"好幸福"或"好激动"，唯独她不按章法出牌，我的问题刚问出口，她立马扭头看着新郎周三说：哈哈哈你是我的了，这辈子你都跑不掉了哈哈哈……

一边狂笑，一边还伸手捏了个拳头捣了周三一拳。

结结实实地捣在肩头。

头回见到这么豪迈的新娘子。

也是头回见到这么娇羞的新郎。

新郎周三红着脸，娇羞地回答说：……老婆，我不跑。

没错，娇羞。

我脑子不够用了。

这都是什么世道……

婚礼还要继续，优秀的主持人大冰打起精神问周三：新郎说说看，你是靠什么手段打动了这么美丽动人的女人，让她心甘情愿地陪伴你一生。

其实这个问题怎么回答都行，一般人愿意幽默一下或者深情一下，大可自由发挥，走个过场而已。

但我忘了新郎周三真的不是一般人。

我忘了周三是个较真儿的老实人。

他张着嘴想了一会儿，紧张地看看我，说：我用的什么手段……我这个这个，我忘记了。

忘了？

台底下几百人盯着呢，你忘了！

这是谁的婚礼啊这是，怎么还有自己砸自己场子的！到底是你娶媳妇还是我娶媳妇！

你闪死我吧，你让我这个优秀的主持人该怎么接话！

我头发都炸起来了，咬人的心都有，还没等张嘴圆场，手中一空，话筒被人摘走了。

新娘子把话筒摘走了，她兴高采烈地说：我记得我记得，我来说我来说！

我快哭了，这是婚礼现场还是知识竞赛的抢答现场？

好吧，你说吧。

新娘说：他有一次对我说，虽然我没钱，但我只要有一碗稀饭，一定会分你一大半……

我虎躯一震、菊花一紧……好了好了，终于拨乱反正步入正轨了，多感人的一句话啊，整场婚礼浪漫感人的基调还是很有希望实现的。

一个优秀的主持人最宝贵的特质就是学会倾听，然后抽丝剥茧顺杆爬，机会电光石火稍纵即逝，我火速跟进，凑过脑袋去张嘴插话道：爱侣喝稀饭，胜过吃海鲜，有道是有情饮水饱哦。新娘子，你还记得你身旁的这个男人是在哪次花前月下时对你说的这句话啊？

兴高采烈的新娘子兴高采烈地回答：就是在我们俩私奔的前夜，他发短信对我说的。

私奔？！

你弄死我好吗……

你弄死我吧！

一万只羊驼从我脑袋上踩过……

给我一块板砖好吗，给我一根绳子好吗，给我一把尼泊尔军用廓尔喀狗腿弯刀好吗……

私奔……这是婚礼上该有的台词吗？这是哪个次元的桥段？！《屌丝男士》都不敢这么演，《万万没想到》都没这么演过好不好。

新娘子的手劲颇大，我掰不开她的手指头拽不回话筒，大家云手暗夺了两三个回合后，被她一肘子蹭在下巴上，上下门牙嘎哒一声脆响，舌头舌头舌头我的舌头……

台底下几百人看着呢，我眼泪汪汪地捧着咸乎乎的舌头在舞台上蹦。

自打1999年出道当主持人，什么大风大浪没颠沛流离过，居然会有我大冰hold不住的场子？

这次第，怎一句尴尬了得。

我边蹦跶边喊：周三！我服了……这是你亲生的媳妇儿吗？

舌头肿成发糕了，"亲"发音成了"今"。

周三愣了一下，腼腆地回答：……我希望她来生也是我媳妇。

这都是哪儿跟哪儿啊……

乌云怎能留得住要落下的雨水，眼眶怎能留得住我掉下的眼泪。

好吧，我投降，你们爱说什么就说什么吧，不管说私奔还是说裸奔我都不管了，我杵在旁边呜咽我的就行。

我蹦跶到舞台一侧……给我个洞好吗？

舌头好痛……

新娘子果真大方，完全视我为空气，她一手薅着新郎的手腕，一手攥着话筒，迈步向前三尺三寸。瞬间，仙气十足的长尾白婚纱被她穿出了绿林响马披风的气势。

手攥得那样紧，指甲盖都攥白了，她把话筒戳到鼻子上，朗声道：

……有些人认只了七十年都没在一起，有些人认识了七天就可以在一起。是的，我和周三认识的第七天就订了终身，就私了奔……既然是对的人，为什么要矜持，为什么要死要面子，为什么要擦肩而过？

我是个普普通通的女孩子，我来到这个世界上什么都想要，就是不想要后悔。我从没有后悔过和他私奔，我从没后悔过把攒了半辈子的这唯一一次疯狂用在他身上。我知道在座的一半以上的人从一开始就不看好我和周三，觉得我们不可能有结果，但你看，今天我们共用一个户口本了——谁说处女座和天秤座没办法修成正果？

她扭头冲着伴娘群的方向叫嚣：

你们老说我找的男人又土又木还是处女座，不懂浪漫没有激情不值得我赴汤蹈火……是的，他一点儿都不浪漫，他甚至都不懂向我求婚，他只对我做过一件浪漫的事情——他每天弹着吉他，唱着歌喊我起床，我每天都是在他的歌声中醒来的……每天每天，每天都是！

我半夜起来上厕所，刚坐到床边，他会忽然坐起来一把抱住我，说：萱萱你要去哪里？
我说：三爷不担心呵，我只是上个厕所。
每次都是我上完厕所回到床上，他才肯躺下，我去多久，他就迷迷瞪瞪地闭着眼撑着胳膊等我。

睡觉的时候他永远都抱着我，我挪一点他也挪一点，我滚到床底下去了，他就把我捞上来……然后接着挪。

我体质弱，一年四季手脚冰凉，周三每天睡觉时捂着我的手，夹着我的脚，他从来都不嫌我的脚冰，他就是我的电热毯，我和他睡在一起的这三年，就再没生过冻疮。

台下主桌一阵骚动，有对儿老人家此起彼伏地喘了两口粗气。
老头儿开始解领带，老太太开始捂心口。
新娘子眨巴眨巴眼，普通话瞬间换成四川宜宾方言：老妈、老汉儿，不要叹气，我和周三都在一起三年了，咋个可能不滚床单？实话跟你们说噻，幺儿在你姑娘肚皮里头已经四个月喽。

新娘子挺挺腰，伸手拍拍肚皮，隔着雪白的婚纱，拍得肚皮 piā piā 响。

台下两个老人集体愣了一下，然后组团乐开了花。

老太太下死力在老头子胳膊肘子上拧了一下，说：太好了，杨老头，以后你麻将打不成喽，陪我去带孙孙喽。

老头子哆嗦着手，激动地起身端起酒杯：……托大家的福，我先干为敬。

一堆人七手八脚地把老头儿摁坐下，打手势咬耳朵地告诉他：婚礼还没结束呢，菜还没上酒席还没开始呢，还没轮到岳父丈人老泰山敬酒呢……

场上新娘子的工作报告还在继续，她望着父母的方向，声音忽然柔了下来：

……老汉儿，接下来，我想和您单独说两句话，好不？

老汉儿，那时候你剪了我的银行卡、藏起了我的身份证，还用那么大的锁头把我关在门角角后头……我那个时候哭、挠门……但我晓得你是疼我的。

我后来偷偷跑出来，那几个星期没给你们打电话是我错了，不是不想，是不敢……不敢在电话里头听你叹气。

我从宜宾去云南，一千多公里的路，没手机，没得钱，一路说好话搭顺风车。四十五个小时的汽车坐惨了我，我饿着肚子、揣着莫子一路不敢睡，人家好心给我东西吃我也不敢吃……一路都在流泪。你关起我的时候，我为见不到周三哭。我逃开你的时候，流的泪都是为了你和妈妈。

……好几年过去了，你和妈妈从心里头原谅我了吗？

我是个不孝顺的孩子吗……我不是哦。

孝顺就是百依百顺百分百地听话吗？

每个孩子都应该找到自己真正想要的生活，照顾好自己，这才是最基本的孝顺，不是吗？自己过得都不舒心，拿什么去谈孝顺父母？

我要让自己过得好，我一定要让自己过得好。老汉儿，真的，我觉得我现在过的就是一直以来我想要的生活，我现在爱着的男人，就是从小到大我一直想嫁的男人。他遇到了我，我找到了他，我有了一个老公，你们多了一个儿子，我们会一起孝顺你们。

那时候，你们觉得周三是个穷流浪歌手，怕我一个女娃娃离家千里去和他耍朋友会受欺负，可他真的从来没有欺负过我，都是我欺负他！老汉儿，从小到大你是咋个疼我的，他就是咋个疼我的。

周三不会甜言蜜语不会浪漫，但他总会在不经意的时候感动我。他和你一样，走路的时候让我走安全的那边，在我看电影哭了的时候他也会抱着我哄我。他是处女座，有洁癖，但会把我所有吃剩的东西直接拿过去吃，从来不忌讳。我头发再油他也不嫌我油，和他在一起后我再没减过肥，我穿什么衣服，他都觉得好看……

新娘子顿了顿，目光扫过全场，略带骄傲地说：他从来没忘记过我们的任何一个纪念日，他所有的密码都是我的生日。

新郎周三今天基本是个摆设，除了娇羞就是憨笑。新娘松开攥紧他的手，抬到了半空中，我以为她又要捣他一拳，没承想，她轻轻地摸了摸他的脸。

新娘望着众人，说：

我们在决定在一起的时候就已经决定过一辈子，好像以前就已经在一起很久了，默契得连我自己都觉得奇怪。

刚跟他在一起的时候是他人生最黑暗的时期，他的前女友骗光了他所有的钱还有感情，跟别人跑了，他曾经每天把自己关在家里，不交流不吃饭不出门，只练吉他，陪着他的只有吉他。

我们刚在一起时，他的生活起居习惯无比地差，经常一份炒洋芋一瓶可乐就打发一顿饭。很多受过伤的孩子喜欢抱着娃娃公仔睡觉，他那时候睡觉时喜欢抱着吉他。

我喜欢他，所以我心疼他，所以我要慢慢融化他改变他。我买了做饭的工具，每天每一顿都做不一样的菜，只要他吃一口我就开心了……

新娘子忽然望着场下某一个角落笑了一下，说：

我经常跟周三说，你要感谢你的前女友而不是恨她，因为她的离开才成全了我们的相遇。
有人说每个人一辈子都会遇到三个人，一个你爱的但不爱你的，一个爱你的但你不爱的，还有一个爱你的你也爱他的。
我真心祝愿周三的前女友早日遇到第三个人，遇不到也别回头了，你不要的我要了，你再想要也要不回去了。

我不是在挑衅啊，我一点儿也不紧张我们家三爷，现在都是他紧张我。他每天晚上去酒吧唱歌，我都陪着他，他在台上唱歌，我在台下帮忙招呼。每次看见我和别人聊天聊得稍微久一点，他都会扔了吉他走过来一把搂住我，说：哎老婆，这是你朋友啊，介绍认识一下啊……

台下哈哈一阵大笑，不少人举起手来向舞台上示意。有人喊：原来如此啊，真伤人啊，下回去喝酒，三嫂记得打个折啊！

新娘子双手抱拳，团团作个揖，问：我说了这么久，你们没听烦吧？
不等众人搭话，她歪着脑袋自顾自地说：烦了也给我听着，今天是我结婚，我是主角！

连伴娘团都开始鼓掌了，噼里啪啦的一阵掌声后，新娘子扳正新郎周三的肩膀，双手捧着话筒，看着他的眼睛，一字一句地说：他们一定觉得我今天很强势，不够女人……我强势也只强势今天这一回，我不需要别人懂，只要你懂我就足够了。从明天起，我依旧是那个给你洗袜子、给你炒菜、给你拎吉他的小媳妇……

周三张张嘴，手比画了半天也没憋出来半句话，他挠挠头，捧起新娘子的脸，瞄准了亲了下去。

好狠的一口，牙磕在话筒上，音箱咔嚓一声嚣叫。两个人捂着嘴，看着对方乐了半天，完全忘记了周遭世界的存在，也忘记了我这个杵在一旁舌头受伤的优秀的婚礼司仪。

我贼心不死，猫步上前，试探着，想从新娘子手中把话筒抽出来。
我活该。
我欠。

人家四目相对正浓情蜜意着呢，看都不看我，抬手一拨楞。
这次鼻子。
耳朵里"铗儿"的一声，全镇江的米醋都叫我一个人咕嘟下去了，从鼻子尖酸到脚大拇趾头，我捂着鼻子蹦跶，哗哗淌眼泪。
我欠。
我活该……

泪眼婆娑中，我影影绰绰地看到，那个穿着白色婚纱的姑娘仰着头对面前的男人说：

认识你时，我二十二岁你三十一岁……
现在我二十四岁你三十三岁……
可是我却觉得时间一直停留在我们初见的时候。

三爷，谢谢你娶我……我们差九岁的爱情，是单数的最大值，也是我幸福的最大值。

新娘子的工作总结报告终于结案陈词了。

她终于肯正面面对我了，远远地伸手把舌筒递了过来。
我是接还是不接……
我舌头痛，鼻子也痛，我我我还是不接吧……
不接又不好……
我还是接吧，我把胳膊伸长了接还不行吗……

我这边天人交战方酣，那一厢已风云突变。
话筒在新娘子手中划出一个漂亮的弧线，自自然然地交到了新郎官周三手中。
就那么自自然然地，交到了周三手中。

我的话筒……我的滑板鞋……我去年买了个表买了个登山包……
我干笑了两声。
哭了。
鼻涕冒泡，透明的……

周三结结巴巴地开口了，浓重的云南曲靖普通话，像半生不熟的炒洋芋：我不知道该说些什么……萱萱刚才说的，全是我想说的……

台下人开始起哄鼓掌，小松站在凳子上喊：三爷别尿，今天你是主角，多说几句多说几句，坦白从宽抗拒从严嘎！

周三看看新娘子，新娘子跟着众人一起鼓掌起哄。
他呆萌地咧开嘴笑了会儿，说：

过客 ＼ 曹子琛

……2005年，我辞了高速公路收费站的工作，和我的兄弟小松一起出去闯荡。我们去了成都，带着吉他，想当歌手，想靠唱歌安身立命。原本以为外面大城市的机会更多，没想到最后连饭都吃不上了。

那个时候我们住在最便宜的违建屋顶房里，每人每天两块钱的生活费，跑了所有酒吧和可以演出的地方，可是别人一听说我们是云南人再也不联系我们了。
小松说人要坚持梦想，可现实是一天都没吃饭了，房东又敲门说房租水电费该交了，拿什么去交……最后我们黯然地回到了曲靖。

回到曲靖后本来打算去新疆，那里有我喜欢的冬不拉，但小松拦下了我，叫我一起来了丽江。我们在街头卖唱，被人欺负，被人打……也认识了很多玩音乐的好朋友，比如大松，比如靳松、路平、大军，还有今天的婚礼主持人大冰，那时候我们兄弟伙经常在一起卖唱……

他伸手指指我，我装没看见。
别指我。
我不是司仪，我不是主持人……我没有话筒。

周三说：……后来我们攒了点钱，开了个小酒吧……谁不想过得好一点，谁不想又有爱情，又有梦想，又有米饭，可现实……

他沉默了一下，抬起头接着说：有梦想的时候没有米饭，有米饭的时候没有了梦想和爱情……就这样颠颠倒倒，直到三十多，直到我遇到了萱萱……
他抹了一把脸，抹出一脸的泪水，湿漉漉的手掌心。
他呜咽着，重复着说：我遇到了萱萱……我终于遇到了萱萱……

新娘子帮他擦眼泪，他躲开伸过来的手，半弯着腰，自己拼命在脸上擦着。
他说：……哎，大家见笑了，我这个人不会说话。
他终究还是没躲过新娘子的手，像个孩子一样被擦拭着脸。

话筒垂在手边，台下的人听不见他们俩的对白，只有同样在舞台上的我听到他呜咽着说：老婆，有了你，我什么都有了，什么都回来了，我要让你过上好日子……

良久，周三回复了平静，他抱歉地冲台下的众人笑着，说：我话说不好，我还是唱吧。我曾经写了一首歌给萱萱，是写给她的情书……写在她私奔来找我时抵达的前夜……我想再唱一次给她听，顺便也唱给大家听。

顺便？
好吧，顺便。

新郎临时起意要唱歌，吉他立马就送上台了。丽江歌手单身的多，民谣吉他是老婆，不少歌手随身背着吉他，来喝喜酒时也不割舍。

吉他是有了，话筒架找了半天找不到。
话筒架这么专业的设备哪个婚礼现场也不可能预备哦。
大家急着听歌，有人喊着让周三清唱。

清唱？
这么大的场地，清唱鬼能听清。
实在是没办法了，周三只好抱着吉他把话筒搁在了脚面上，能收到一点儿声音是一点儿。

有道是时穷节乃见，说时迟那时快，有一个伟岸挺拔的身影一步一个脚印地走上前去，坚毅地攥起了话筒，稳稳地擎到周三嘴边，当起了名副其实的人肉话筒架。
只见此人紧抿双唇，眉宇间凝结着一股似悲似喜的惆怅之气，虽不动声色，却当真是此处无声胜有声。
……

那个叫大冰的主持人，终于拿到了话筒。

不重要，不要在乎这个人的忽然出现。
事实上当时也没有人在乎他的出现……
所有人都在静静地聆听着那个叫周三的男人，写给他爱人的情书。

他唱：

　　这二十多年来我一直在唱歌
　　唱歌给我的心上人听啊
　　这个心上人 还不知道在哪里 我一直在寻觅着她

　　又过了十年 我一直在寻找
　　没有找到心上人
　　到处都是高楼大厦 到处都是飞机汽车
　　压得我喘不过气

　　现在该如何是好 这世界变化太快了
　　我没有存款也没有洋房 生活我过得紧张

　　心爱的姑娘你不要拒绝我 每天都会把歌给你唱
　　心爱的姑娘你一定等着我 我骑车带你去环游世界
　　心爱的姑娘你快来我身旁 我的肩膀就是你的依靠
　　心爱的姑娘虽然我没有车房 我会把我的一切都给你
　　心爱的姑娘你快来我身旁 我的肩膀就是你的依靠
　　心爱的姑娘虽然我没有车房 我会把我的一切都给你

　　这二十多年来我坚持在唱歌
　　唱歌给我的心上人听啊

这个心上人
还不知道在哪里
感觉明天就会出现
……

很好听的一首歌。

我记不得新娘子听歌时候的反应，因为我看不清。

潮湿的水气蒙住了我的双眼，眼底心底的渠堤被掘开一道豁口，清清亮亮的水静静地往外流。

好吧，那是我有史以来主持得最糟糕的一场婚礼。

也是我有史以来经历过的最完美的一场婚礼。

那也是我有史以来在婚礼现场听过的最动听的一首歌。

那天婚礼现场云了很多人，数年后，很多人忘记了那场婚礼是我主持的，但很多人记住了这首歌。

这首歌叫《一个歌手的情书》。

几年后，同时拥有爱情和米饭的周三把这首歌唱到了CCTV。他的云南乡音不改，在一个叫《中国好歌曲》的节目里唱哭了一个叫蔡健雅的导师。

我坐在电视机前启开一瓶啤酒，一边喝，一边跟着合唱。时而哑然失笑，时而引吭高歌。酒瓶攥在手心里，好像攥着一只话筒。

镜头扫过观众席，众人或捧着腮沉默，或泪眼婆娑，唯独有一个女人笑得满脸灿烂，边笑，边大珠小珠断了线。是的，传说中的又哭又笑满脸冒泡。一边冒泡，一边还打着拍子。

身为主角，她当然有资格打拍子了，这封情书本就是写给她的。

……

你是普通人，我是普通人，他也是普通人。
世界上的人大都是普通人，大部分普通人都信步漫行在庸常的人生中。
大部分普通人，大都习惯了在周遭旁人林林总总的故事中彼此扮演路人甲。

你是否已经习惯了去扮演路人甲？
你是否还期待去遭遇那些传奇的故事、神奇的际遇？

你可知道，
那些貌似不普通的故事，不过是普普通通的人们把心意化作了行动而已。

所谓精彩，
不过是那些普普通通的路人甲，认认真真地多当了一回主角而已。

识 茶 记

文　　熊惠启　电视台导演　@熊德启

我喝茶的时间短短几年，还不懂品茶，只是识得些茶。但还算幸运，在认识茶的过程里，也认识了些人。

观音

第一次喝铁观音，居然是在一次得州扑克的赌局上。

当时还在美国读大学，正值毕业前夕，论文完结，只等打包回国，一帮友人便以打牌为乐。赌资不高，一晚上也就几十美金的输赢，算是个消遣。那时我不喝茶，儿时父母也从来只喝绿茶，我对茶的认知，仅限于此。

同住的老齐那晚端出一泡茶，是他母亲从国内寄给他的，一端出来，满屋香气弥漫。顺着香气望去，一壶澄澈的水，碧如寒潭，香如幽兰。喝一口，美国便不再是美国，似回到中国某座山中，自己化作一棵树，静待山雨。

我很庆幸，第一次享受到茶的美好，是自铁观音开始的。如同少年处男的第一次，遇到了那个最温柔婉约的她，从一开始便是最美的享受。

我问老齐：这是什么茶？
老齐茫然，反正是母亲寄来的，他自己也不清楚，拿起包装纸一看，悠悠地念出三个字：铁观音。

这是一个有些冷艳的名字，我默默地记下，也从那一刻起上了瘾，如酒瘾，如烟瘾。

老齐敲打着筹码催促我：你跟不跟？跟不跟？

人都会有瘾，老齐当时的瘾是个日本姑娘。

姑娘美艳不可方物，在众人面前谈吐得体，小小年纪竟也有种"气自华"的感觉。据说因为吃不了苦才没有留在日本娱乐圈，家中富足，便出国留学。

确实是个美人，按金庸的说法，男人看见了便要"心中一荡"，按古龙的说法，即便跌倒也是"嘤咛一声"。老齐费了九牛二虎之力才追到她，车接车送，吃好喝好，捧在手心就像观音手中的玉瓶。

那时老齐住在我隔壁房间，每夜都有欢愉之声传来，我与来自香港的室友在辗转反侧之间只能这么安慰自己，老齐是哥们，至少老齐是快乐的。

然而老齐也未必全是快乐，相处久了老齐发现，姑娘的温婉背后其实是个爆脾气，美丽的千金小姐，往往都有另一面。

一次，姑娘与老齐相对拿着菜刀大吵，姑娘满嘴听不懂的日语，老齐狂喷湖北的家乡话，这时你会发现骂人其实没有国界，竟然也有来有回。姑娘几次负气出走，老齐开车整夜寻找。纵然如此，无奈姑娘实在太美，老齐舍不得。

我参加完毕业典礼与老齐分别时，回想起当年一起来到这里的他，才发现早已憔悴，没了锐气。

回国后，我开始疯狂地喝铁观音，那时铁观音在国内开始流行，高品质的价格不菲，为了过我的瘾，我变得越来越穷。当然也有收获，我知道了那幽兰之气叫兰花香，醉人之味叫观音韵，投茶时享受清脆的叮当声，泡开后也细赏绿叶红镶边的美。

偶尔我回想起第一次喝铁观音，念及老齐，心想也许我对铁观音的瘾，与他对那姑娘的瘾并无太大的分别。

一年后，我的胃出了问题，中医说：你太寒，你平时都吃什么？喝什么？后来他打开电脑，上百度给我看：铁观音是半发酵茶，性寒，不可过多饮用，否则会有一定程度的伤胃、失眠。

原来如此。

无奈之下，我只能戒掉对铁观音的瘾，如同父亲当年走出医院时扔掉的烟，如同老齐在电话中带着哭腔念出日本姑娘的名字。

后来朋友推荐说要不你试试陈年铁观音，叫老观音，对身体也很好。我尝了一些，没有再喝。美人既已迟暮，何来昨日芳华？

在我常喝的茶里，铁观音是对身体最不好的。但是，她真的太美了。

　　高山

戒了铁观音，对茶却已经割舍不下，如果早餐后不喝上一泡，便整日不安。

如同初恋逝去，并不是就要孤寡一生，爱过了便知爱的美好，换一个人再爱便是。只是会有些着急，见到新茶便要尝一尝，没有定见，总怕错失了精彩。

"为你我用了半年的积蓄，漂洋过海地来看你。"
我把茶叶罐里最后的高山红茶喝掉时，音箱里放着这首歌。

据说李宗盛是在一个餐厅里用纸巾写出这首歌来的，他当时听到一个台湾朋友讲自己与一个北京男人的爱情，有感而写。

台湾茶，最负盛名的莫过于冻顶乌龙。红茶，之前从未听过。来自台湾的苏小姐，却用它当作了与我的见面礼。

苏小姐原本是与我谈公事，听同事说我喜欢喝茶，便带了家乡的茶来。收到这份礼物，我微笑致谢，心里却有一瞬间的不悦——从未听说台湾产红茶，你既然带茶，为何不带冻顶乌龙？

谈事之间，礼貌性地拆开，泡了一泡。高香袭人，入口温婉，甘甜正好。茶水虽缺余韵，杯底却留着乌龙茶的香。

出人意料，甚是惊艳。

这时我才开始仔细地打量眼前的女人。
白衬衫，马尾辫，清爽干练。聊天谈事懂分寸，知进退。
我问她：这杯底怎么会是乌龙的香味？
她笑着说：我其实不太懂茶，这是朋友推荐的，听说你喜欢喝茶就带来了，我只知道叫高山红。
我很好奇，心想也许是过程里加入了一些乌龙茶的工艺。
她笑起来恰到好处，如茶中的甜味。
对这个人，我也开始好奇。
我想我大约是因为这高山红而喜欢上了她。

相恋后，苏小姐经常往来于北京与台北，我们也聚少离多。而每次见面，第一件事便是兴致勃勃地问她要这高山红茶。

她喜欢对台湾的朋友说，我的男友在北京。异样的目光让她骄傲着。每每唱歌，我的朋友们也常点出《漂洋过海来看你》和《冬季到台北来看雨》对我进行善意的调侃。

我想我也是乐在其中的，红茶温婉甘甜，乌龙香余韵悠长，北京的雾，台北的雨，这一切的组合让人感到新鲜刺激。

而抒情总会进入叙事。

回想起与她的分手，我甚至都不记得是哪一天，只记得我们渐渐地就淡了，累了。新奇的感官刺激走不到最后，红茶杯底的乌龙香，终究也只是一个错位的组合。

到今天，我依然没有去过台湾，也不知道在哪里可以买到这高山红，更不知道那奇妙的香味因何而来，权当是一场梦。

没了苏小姐，这高山红茶便也无处寻觅了。那乌龙香大概是台湾的专属，不属于我。

翻看曾经走川藏线的照片，看到自己站在海拔五千多米的山口，身后山峦迭起，才哈哈大笑，笑自己即使走过了居然也不懂什么叫高山。

她家的高山与我家的高山，终究不同。

后来，我换了一款茶喝，她换了一个人爱。

茶树过一季便有了新芽，山依然在海的两边，万世不变地矗立着。

03 尘土

因为苏小姐我喜欢上了红茶，只是偶尔自娱自饮时略感遗憾，无人分享。我发现茶与人一样，稍一相处便能察觉他从何而来，便能感知到他成长的水土。

定格 ＼ 元熙

中国的名茶大都产自湿润之地：龙井飘着西湖边山野的春雨；庐山云雾这名字就透着瀑布的水雾之气；武夷岩茶能感受到更潮湿的闽北；再往南，潮州凤凰山，气候也变了，凤凰单枞尽收岭南的潮热。

祁门红最是诱人，祁山附近原本是产绿茶的地方，如黄山毛峰，一百年前因为一个从福建回乡的芝麻官而开始做红茶，把徽州湖泽的朦胧水汽化作了香甜。茶香飘去英国，便成了王室贵族的挚爱。

漏掉一个地方，云南，一个阳光曝晒却四季如春的地方。我去过几次云南，昆明翠湖、大理洱海、丽江细流、罗平春花，它们都很美，但都没有让我感到过云南茶带给我的感受。

初识云南茶，是从蓝哥那里买的滇红。

蓝哥是滇西人，脸上挂着两朵高原红，在北京马连道卖茶。他泡茶不如一些女士优雅，有些大开大合的劲头，但为人老实公道，是以回头客很多，生意一直不错。

我第一次去时，他看见我忽然热情地喊：嘿！上次的茶怎么样？
他笑起来时与长居北京的人不同，有种未经雕琢的自然。
我从未见过他，有些愕然，后来也配合地说：还不错呢，都喝完了。
蓝哥嘿嘿一笑，得意地说：我蓝哥的茶当然不会错，来坐，尝尝今天刚拿回来的滇红。

就这样，我知道了他叫蓝哥，第一次相识便莫名其妙地成了老友，谁也没有追究，似乎觉得多了一个便宜的老友也无妨。

那一泡滇红很贵，因为实在是极品。干茶都是精致的芽，满目金黄，汤色鲜红艳丽，甘甜之下有一股沁心的涩味。后来我发现，但凡云南茶，都有一样的涩味，仿佛一个母亲生下的多胞胎，面容不同，却有着相似的神色。

我惊叹：滇红这么好喝！

蓝哥诧异：你上次不就买的滇红？

我说：这个涩涩的味道很有意思。

蓝哥笑起来说：你喝茶的时间不长吧，这是我家的味道，土的味道。

云南六山五水，蓝哥的家便在六山之一的高黎贡山下。他是从山里出来的人，一身尘土的气息，显得很扎实。但他也确实很会做生意，那日，我这半路出家的"老友"莫名其妙地就买走了一斤昂贵的滇红。

云南雨热同季，干凉同季，一年可采九个月的茶。春秋两季的滇红自然不同，但那股尘土的涩味却始终如一。此后我真的成了蓝哥的老友，每隔一两月必定到访，我说我出差的见闻，他讲他家中的小院。世间弄假成真的事不少，每念及此，都成笑谈。

每次我去，我们都重复着第一次见面的对话，蓝哥伸着脖子喊：嘿！上次的茶怎么样？

我笑着告诉他 还不错呢，都喝完了。

到后来我也弄不明白了，每次见他到底是初遇，还是重逢。

生活里一定会有这么一个人，每次出现在你面前的时候都说着相同的话，提醒你，生活其实丕未改变。如同那始终不变的尘土之味。

一次与他喝茶，我忽然发现他竟老了不少，有了些白发，泡茶的盖碗也换过了，笑容里多了几分世故，大约是受北京的影响，以前从未注意。

不知他看着我，是否也发出了一样的感慨呢？

老曼峨

云南茶的涩味让我着迷，后来我知道，涩味实在是路人的说法，那应该叫酽。循着酽，我终于开始喝普洱。

关于普洱，有诗云：

> 雾锁千树茶，云开万壑葱。
> 香飘十里外，味酽一杯中。

对非富非贵的爱茶之人来说，喝铁观音与普洱算是昂贵的嗜好。因为这两者在市场上的价格实在是被炒到了天上，要喝到优质的，尤其在北京，需要高昂的代价。我只不过是百万北漂中的一员，与老曼峨这样有些小众的普洱茶原本是无缘相见的。人们常说要广结善缘，能喝到老曼峨，我想大约是我的善缘得到了回报。

万小姐是我的同事，漂亮大方，直性子，脾气来得快去得更快，她男友也是我同事，两人上班下班时刻相见，难免争执。他们一次吵架，万小姐气得离家，恰巧几位要好的女性同事都在出差，便打电话给我，说是来待一会儿，等男友认错。

我和她其实完全不熟，但与她男友相熟，心想来我这总比去别的地方安全，便说那你来吧。那天下午我泡了一壶生普，安慰了她许久，暗中给她男友发信息，最终男友认错，领人回家。

她男友喜欢她善良正直，万小姐脾气虽大，却总能让人感到一些本真的情绪。万小姐因为那个下午而知道我爱喝生普，一次去云南出差，当地人送给她一饼普洱，她回来后便送给我，说是谢谢我。

我看着茶饼上的三个字：老曼峨。心想，这名字真是够怪的。

拆茶时芳香浓郁，心中暗喜，知道自己是得了好东西。第一泡出来更是惊艳，汤色如黄金，清澈亮眼，甚至就愿意这么看着，舍不得喝下去。看着这一泡好茶，我暗自琢磨，万小姐果然够意思。

谁知，刚刚入口便差点吐了出来。二三十年的人生，我嘴里没有进过这么苦的东西。

但凡是茶，总有苦味，但一来不会很重，再者总有回甘。老曼峨的苦，是刻骨铭心的苦，是纯粹的苦，除了苦，没有任何一点多余的味道。苦之后，回味也还是苦。

这算是哪门子的茶？一瞬间我都不知自己到底是诧异还是出于生理反应的气愤。就这样，我喝了一杯，便将其封存。

直到有一天，万小姐又哭着来电话，大约是又吵架了。
到我家坐下，抹干了泪水，竟然又跟没事人一样说起了笑话。
你心真大，我笑着对她说。
她一阵嘻嘻哈哈，说：咱们喝点茶吧，上次我给你的茶呢？
我说：那茶特别苦，喝别的吧。
她不信，说：姐什么苦没吃过，拿出来！
第一口她便皱起了眉头，随后嘻嘻一笑，说：是有点苦。
我问要不要换一个茶，她却说不，她指着我说，浪费可耻。

严格说起来，那天我才正式开始喝这个叫老曼峨的茶。
我试图品味其中的苦涩，但实在是太苦，难以下咽。
万小姐倒是适应得比较快，大咧咧地聊起了自己的往事。
我没想到她年纪不大，竟然结过一次婚。

见她不提分手的原因，心想大约是不愿提及，便想淡淡地说一句就带过。

我说：离婚嘛，难免。

她却说：我没离过婚，他死了。

她见我愕然，又补了一句：那谁还不知道，现在也没必要知道。

怪不得她不觉得老曼峨苦。

但我更好奇的是，她为何从未让他人感到苦。有很多人，把自己有过的苦当作任性的资本，每当不得体，便说，我曾经怎样怎样，你就没了苛责的理由。他们把自己的痛苦强加于你，要你谅解，要你悲悯。便似要依靠着这些苦做一生的弱者。

万小姐算是有些苦了，却并没有这样。

我说：你心态可真好，那谁真是幸运。

她笑着说：谁知道呢，总有一天是要说的。

此时，茶已不知到了第几泡，忽然之间，甘甜袭来。

因为之前扎实的苦，此时清淡的甜味犹如甘泉，汤色略有些淡，却依旧散发着金色的光芒。不经历之前难以入口的苦涩，只喝这一泡清洌，绝对喝不出老曼峨的美。它绝对是人生最好的隐喻，此时的万小姐在我面前就像个上帝派来的天使。

我告诉她，你别怕，那谁只会因为你的过往而更加幸福。

老曼峨，苦到了头，最美的时候，竟然是淡了。

如你我，如生活。

05 无味

我喜欢喝生普，如冰岛班章，如老曼峨。虽然也知道熟普对身体更好，却始终因为熟普不够浓烈而不感兴趣。最近一次喝熟普，还是前些日子回家参加老齐的婚礼。

我与茶的缘分由老齐开启，对他始终有种特别的感谢。

我与老齐分别好几年没见，他挚爱的日本姑娘早已不见踪影，新娘是个有着甜美笑容的兰州女孩。

老齐说：你知道吗，那时候我和她在日本分手，想换个地方，去了纽约，着实颓废了一阵子。全靠我现在这个老婆，才没有彻底颓废下去。

他接着说：那时候我去赌钱，输了她就养我，再赌，她就在旁边看着，也不说话，什么都不做，到最后我自己都觉得不好意思了。

说着说着，他泡了一壶熟普。

我笑了起来，说：你也开始喝茶了。

他说：是啊，我平时应酬多，酒多，老婆让喝这个。

他又说：以前也就喝喝铁观音，好喝啊！你看这熟普，典型的黑又丑，还尽是渣渣。

我说：但是对身体好啊。

他说：妈的，你怎么跟我老婆一样。

喝了一口，我说：这茶不错。

老齐说：我喝着没有味道。

边说，边续了一壶。

婚礼结束，老齐有些醉了，拉着我走到一旁，忽然捂起我的手。

他说：你也该找个人了。

他又说：你看我，没我老婆真不知道会怎样。

他最后说：在生命里重要的阶段，有个正确的人在你身边，很重要。
然后，竟然就开始吐了。

这时新娘过来，招呼服务员泡了一壶茶，跟我摆了个无奈的姿势，说：他就这样，喝点茶就好了。
我想这新娘子便是老齐最好的茶，未必如铁观音美艳，未必如红茶甘甜，却温暖地包裹着他，让他健康幸福。
临走我对她说：交给你我就放心了。

老齐醉中惊坐起，指着我喊：我说的话你听见没？！
然后又倒在老婆怀中。

老齐，我明白，在生命里重要的阶段，有个正确的人在你身边，很重要。但这事哪容得强求呢，无人陪伴的时候，有一壶正确的茶，也是一件幸事。

生活似茶，无味时便倒掉换新。后悟，原来总会无味，原来总有新茶，无味只是淡了，新茶沾水便老。品新茶，是生活的轮转。品无味，是生命恒久如一的圆润与青涩。

君 埋 泉 下 泥 销 骨

文　刘音希　动漫公司市场总监　@刘音希

八月末的长春，温度已经低得没有了夏天的样子。凉飕飕的风不由分说地从车窗灌进来，我不情愿地偷偷睁眼看了看，发现我和记忆里的一样，倒在肖启年腿上，他歪着头微张着嘴，睡着了。

大概已经凌晨两点了吧，街上安静得有些出奇。于冰把车开得飞快。同学聚会的时候她喝酒了吗？我有点不确定。从酒店里出来，她就把一辆黑色的七人座SUV开了过来，喊着高中总玩在一起的那几个人去她家再续下一摊。这当然不包括我。可是当启年喝得醉醺醺的，摇摇晃晃迈不稳步子，在一片起哄声中干脆把手搭在了我身上。我脑袋一热，就跟着他上了车。

于冰的家在市郊的别墅区，似乎还有好一段路。前面的座位上，王琪和王珏还在划拳喝着酒，吵吵闹闹的和高中时如出一辙，他们就是那种每个班里都有的叫老师有些头痛的学生，总要惹出点事来。我倒是希望就此一直开下去也好，这样我就能继续借着酒劲躺在肖启年腿上假装睡着。而在这之前，我已经有四年没见过他了。

高中时，我坐在第一排，肖启年坐最后一排。他是美术生，常常缺课，数学成绩却好得出奇。印象中，好像刚分班没多久，他就被男生们拿来开玩笑了。他同桌王琪还画过一张海报，趁着老师不注意贴在班级的后门上。内容大概是"点卡一张，可换与肖启年约会一次"一类的。要是放现在，估计就该是几套*LOL*的皮肤，然后男生们就会哄笑着把肖启年推出去。真的有那么多女生喜欢他吗？我始终不知道。他的反应总归是让人长出一口气的。提到这些事他老是一副满不在乎甚至有点浑浑噩噩的样子，只有聊到《魔兽》他才会多说几句。

可想到那张用绿色记号笔写成的粗糙的海报，或者被王琪笑嘻嘻地要游戏点卡，我就头皮发麻，生怕露出了一点我喜欢肖启年的端倪。

班级每一个星期会换一次座位，每个月肖启年就会换到教室后面的饮水机旁边。所以那两年的旧手账上，日历的格子总是被我整齐地画着叉，每等过了三周，我就可以拿着水杯名正言顺地走到教室后面，在那么不到十秒的时间里，站在他身边。

我跟肖启年几乎没说过什么话，就算站在饮水机前接水也是目不斜视。可我甚至会提前很多天就想好那周该穿什么衣服，尽管实际上只能从校服里露出个领子而已。高二寒假，从国外回来的亲戚给了我一小瓶菲格拉慕的香水，味道是甜甜的凤梨和桃子香。我妈把香水收到她的化妆柜里，说我上学是不能用的。可到了那一周，我还是会偷偷把香水拿出来藏在书包里，在走到肖启年身边之前，小心翼翼地用一点在膝盖后面，等甜蜜柔和的味道氤氲开，再装作若无其事地站在饮水机旁，集中十二万分的注意力听他和同桌王琪的聊天。

记得最清楚的一次是我过去接水，饮水机正好空了。我站在那儿犹豫的时候，肖启年忽然说："刘音希，你等等。"然后起身利落地把水换好了。听他叫出我的名字，大概是想象了太多次，而真的发生了反倒有些困惑。我等着热水烧开，紧张到指尖都在发麻，在心里演练了三四次，才说出一句自觉没什么问题的寒暄。

"王琪呢？"
"睡觉被老师叫走训话了。"他讲完忽然轻声笑了笑。隔了一会儿，又接着说，"其实我也睡了，眼睁睁看见老师在后门，太困了还是忍不住啊。"
"那老师怎么不说你。"
"我眼睛大，睡觉合不太上，估计老师没发现。"
"特异功能吗，这么夸张。"
"真的，大概这样吧，你看。"

那是我高中时候唯一一次正面盯着肖启年，他微闭着眼，像是我的一个梦。而四年过去，现在的他好像和那时候也没什么不同。同学聚会的时候，很多人样子都变了不少。一开始所有人的注意力就都被一个漂亮得有些夸张的女生吸引走了，在大家猜她是哪个同学的女朋友时，她倒是笑着打起了招呼。她笑起来的声音很特别，是一连串都在一个频率上的吸气声。王琪最先喊了出来："你是于冰？"

于冰和高中时一样爱笑。她甚至让王琪和王珏打赌，猜她身上都哪儿做了整形，猜错了的人就要喝三杯。她兴致勃勃地讲着，几乎把我听过的整容手术都做了个遍。就在我的紧张快要完全消失的时候，肖启年拿着酒杯走了过来，笑着冲我歪了歪头，说："你怎么变萌了？"没等我想好恰当的回答，他又接着说："闻到熟悉的味道了。"

上了大学之后我既没有突飞猛进地变漂亮，也没有克服对尴尬和未知的恐惧，只是依旧在用着菲格拉慕的香水。是肖启年的那句话还是酒精给了我勇气？也许两者都有。我想着一会儿到了于冰家，也许有机会跟他讲讲本来绝对不敢讲出来的秘密。

可就在我想要闭上眼睛的时候，车祸发生了。

02

距离出事已经过去了一年，后续却是一场旷日持久的战争。交战方是保险公司、肇事人、被害人、肇事人家属、被害人家属，我们毫无选择地被冠以新身份。所有人都精疲力竭又不想败下阵来。我们的车子撞上了一辆货车，开车的于冰和坐在副驾驶座的女生当场就死了，第二排的王琪送到医院抢救了两天还是走了，王珏伤到了脊椎，恐怕再也站不起来了。我的情况算是最好的，虽说稍微有些复杂，可两个月后也就出院了。

有一阵子我很不负责任地想，走了的人是幸运的，不然面对现在的烂摊子，他们该怎么办呢。那天于冰喝了酒，所以事故责任在她，在车上的王琪也在喝酒，撞击发生的时候啤酒瓶碎掉了，害死了他自己和坐在最后一排中间的肖启年。巧合得简直像是现实版的《死神来了》，又像个充满恶意的笑话。

在知道肖启年走了之后，我几乎不敢想象自己会失控到什么地步。经历了一场这么严重的车祸，暗恋了七年的男生又死在自己面前。可我没有什么受害者的特权，我只是一个生在普通人家的普通人，既然还活着，生活就还得继续。于是情绪就总是在崩溃的边缘线上，及时又没得商量地停住，事实上什么都没发生。我没有精神失常，住院时掉的体重在慢慢恢复，就连哭的次数都数得清。

于冰爸妈来谈和解之前，我努力说服自己，我的家人是在为我的以后打算，可听到他们商量着，于冰家里很有钱，怎么软硬兼施才能要到更高的赔偿的时候，心里还是有点别扭。我妈大概也看出来了，一再嘱咐我别吭声就好。

可我见到于冰爸妈时，还是马上就说出了一件想了很久的事情。"叔叔阿姨，那辆车还在吗？我能把那辆车作为赔偿吗？"屋子里的人都愣住了，我妈最先反应过来，说我是休息得不好在乱说话，让于冰爸妈别当真。我知道免不了要挨上很久的臭骂，可还是又坚持着说了几遍。于冰爸妈看起来憔悴了很多，两个人都皱着眉，有些错愕地看着我。

我查过二手肇事车的价格，其实跟他们说的赔偿金差不多。没有人在为价格的事不知所措，而是因为我这辈子都不可能拿到驾照，更不可能开车。

我的右眼瞎了。

03

我的家在滨海公园的斜对面，走过一条长长的斜坡，坡顶桑葚树下的黄色小楼就是。这段路谈不上远，可也不近，又不通车，走起来也要花上十多分钟。近来回家临近坡口的时候，我总会停下来，屏住呼吸仰头往上看几秒钟。

失去了一边的视力之后，我对方位和距离的感受开始变得很模糊，比如明明遥不可及的东西，我却以为就在近前。那辆黑色的雷克萨斯最终还是被开到了我家门前。家里连个有驾照的亲戚都没有，还是拜托了邻居才把车停到了桑葚树和石阶的夹角里。车子被罩上了银灰色的防尘罩，我站在山下，眯起眼睛就像看见了家门口蛰伏在阴影里黑黢黢的怪兽。

为什么会想要这辆车呢？做摘除手术那天我做了一个梦。说是梦倒也不太确切，按理说麻醉之后就算做梦也是记不得的。可糟糕的是我很清晰地记着梦里的每一个细节。是夏天吧，我穿了条奶黄色的长裙去了游乐园。游乐园看起来有点像是大连的发现王国，可稍微有些过时老旧的样子。也不知道怎么就上了一辆过山车。我坐在第一排。身后是于冰，王琪坐在车尾大喊大叫。而我身边，坐着的是肖启年。

我们都不说话，过山车开起来却没有速度感，让我连个假借尖叫来发泄这如鲠在喉心酸的机会都没有。我就眯着眼，任由扑面而来的风把眼睛吹得生疼。路过弯道的时候，我一再牢牢地捉住面前的扶手，让自己不往肖启年那边滑。我们坐得很近，可是我们都不说话。

过山车快要停下来的时侯，他忽然伸手，像是安抚般拿了捏我的手指，又轻轻地握住了片刻，眼睛却一直没有看向我。然后车停了，像是什么都没发生一样，他转身下了车。

我魂不守舍地站在原地想了又想，还是决定追出去找他。跑过熙攘的人群，还被喷泉淋了一身的水，总算在门口一队等车的人里，看见了肖启年。他站在队尾，还是一贯面无表情歪着头的样子。可就在我想要走上前去的时候，王琪跟了过来，问我是不是要去找肖启年。当然不是。我连连否认，掩盖被看穿的窘迫真的一直就不擅长。我就只好硬着头反跟他又回到了游乐园。

但是，我实在是太想见到你了。每走一步就觉得你应该是在走远。索性把心一横追了出来，这时候起了风，裙摆被吹得猎猎作响，迈步子都困难了起来。我从街头跑到街尾，刚才等车的人都还在，可是唯独不见了你。我跑了一次又一次，跑得几乎要双脚离地腾空而起，焦虑得四处乱撞，可是怎么也找不到你。

最后我脱力地在街角坐下来，明白无论是在梦境还是现实里，奇迹巧合一类的，都不会出现。起码直到现在，都不会。你距离我不是高中教室里的十米，也不是上了大学我和你城市间的四百六十六公里，也不是不可挽回的迟了向你表白的这些年。而是不可能，就是不可能而已。那不是一辆没有速度感的过山车，而是让一切都一去不复返的黑色雷克萨斯。

后来麻药劲儿过去了，我是哭着醒过来的。可右眼眶里空空如也，泪腺也被摘掉了。就像除了不甘心和舍不得之外，你什么也没给我留下。

大概就是从那个时候起，我下定决心要把这辆车要来。哪怕听起来有诸多不合情理之处，可这是我和肖启年之间唯一一共同的存在了吧。我每天都是这样盯着看不见的怪兽，呼吸不畅地爬到坡顶，站在车子旁边待上一会儿，再若无其事地走回家。

04

我从来没考过第一名，从来没做过学生代表，除了勉强到了八十斤的体重总是被人夸几句之外，也从来没被人夸过外貌。可最近我忽然意识到，这么普通的我，最大的特长大概就是面对糟糕的事情吧。

我做过两次心理创伤干预治疗，可那时候只是为了让父母放心而已。全程我都是在盯着医生衣襟上一块不自然的褶皱发呆。半年前于冰的爸爸给我订了很贵的义眼，我剪了刘海，又配了副黑框眼镜，第一次去面试的时候，考官都没有发现任何异常。

可我还是把实话告诉了他，总觉得也不是能瞒得住的事情。考官吃惊之余，告诉我要跟领导商量一下。大概因为我应聘的只是个普通的文员吧，隔了两天我居然真的接到了录用函，倒成了同学里比较快找到工作的了。

公司在高新园区的一座写字楼里。搭有轨电车经过五站，在一处居民小区前下车，过条马路就是。上班高峰我跟着人样走就好，也没什么障碍，直到有天电车忽然出了故障，提前两站就停下了。等我赶到写字楼已经迟到了半个小时，平日拥挤的电梯里只有我一个人。显示屏上的数字变作了"3"却没有停下来，我这才意识到我居然按错了楼层，想取消也来不及了。可我该怎么办，赶紧按下别的楼层吗，还是真的要到十五层？熟悉的窒息感又涌了上来，没等我做好决定，电梯门开了。

同学聚会那天，我和肖启年聊了很久，尽管我的生活乏善可陈，可还是喋喋不休地和他讲起来没完，因为我觉得讲过了自己就可以尽可能地多问些关于他的事情。他大学里学的还是美术，还没毕业就去了一家不错的设计公司实习。他歪着头，有点得意地跟我说，他租住的小区就在公司的对面，下午困了还会偷偷跑回家睡觉呢。说完又不无遗憾地叹口气，告诉我等他转正之后公司就要搬走了，扩招之后一个楼层坐不下了，他怕是没机会偷懒了。

可眼前的十五层和我想象中的完全不一样。我查过他那家公司，早在一年前就搬走了。我以为这里肯定会搬进新的公司。但电梯就像是一台看起来不起眼可功能正常的时光穿梭机，一打开我的面前就是那家设计公司的标志。屋里的陈设就和肖启年跟我讲的一样，玻璃门上印着产品宣传画，洗手间的镜子有一块缺角会把人的面孔映得有些好笑，消防通道的地面上有烟头留下的斑斑痕迹……一秒钟都不能再多待了。我甚至来不及等电梯，几乎是连滚带爬地从消防通道跑回了公司，可窒息感却越来越重，我只好拿着杯子去接点水喝。

饮水机空了，弯下腰又直起身的几秒钟，我忽然发现我所有的坚强都是自以为是，我根本没什么面对糟糕的勇气，也没什么想要重新开始的决心。我只是太过迟钝了。在微小的不可控的瞬间里旧事重提，我才意识到我喜欢的那个人已

217

经永远地走了。而我在看似平静地拿到了残疾人证之后，投出的第一份也是唯一一份简历，就是他曾经工作过的那幢写字楼里的公司，每天早晨经过他曾经租住过的小区，去他曾经去过的档口买午餐，而我在现在，好想听见记忆里的声音啊，单薄的，没什么起伏的，"刘音希，你等等。"

05

在我滞后了足足一年才意识到肖启年走了之后，我不再在回家的路上耽搁时间，也开始觉得门口的车子有点碍眼。又是夏天了，风吹起来总有些桑葚果子会跌落到车顶上。虽然有防尘罩，收拾起来也有些麻烦。只要几天不管，新的旧的痕迹交织在一起，就很难堪。

我在网上看了篇帖子，说把高浓度的医用酒精用水稀释了，就是很好用的清洗剂。入伏那天我去药店买了一罐95%浓度的酒精。店员表情有点怪，我一开始还以为他是注意到了我的右眼，结果临出门他说这可是危险品，小姑娘小心点啊。我们浓度高的超过两瓶都不卖的。

擦防尘罩的时候我才意识到我是在生气。有点莫名其妙又难以启齿的生气。在生掉个不停的桑葚的气。在生完全不好用的酒精的气。在生店员的气，怪他无缘无故的好心，危险的事情那么多，谁会知道到底什么时候发生呢，嘱咐我又有什么用？

在生肖启年的气。说到底，我只是他一个有那么点儿印象的高中同学罢了。也许他笑话过我用的香水味太浓也不一定。如果他真的有那么一点点喜欢我，为什么整整四年里都没有联系过我呢，我只是同学聚会上一个随机选择聊天选项而已。

我读过一篇很短的小说，女主人公一直在怀念死去的恋人。可实际上她只是得了一种叫做卡普拉综合征的心理疾病，觉得自己的恋人被一个长得一模一样的人替代了。与其接受被抛弃的事实，她宁愿相信曾经的恋人已经死了。

可对于已经真的不在了，并且连片刻须臾瞬间都不曾是我的恋人的肖启年，我到底该怎么想呢。

一直到那瓶酒精挥发掉了多半，我依旧没有答案。

06

入冬的第一个周末的晚上，我被家人叫到了客厅商量事情。我爸先是说了说王琪家还在和于冰家打官司，又说我那个国外的亲戚建议他们去投资买一处荒地，还说愿意把我接过去工作。可家里又拿不出那么多钱作担保，想把那辆车卖掉。

与其说是商量，倒不如说是通知。压根儿没给我反驳的余地，他们连买家都已经找好，第二天买家就要把车子提走了。我一开始气得手抖，可靠在沙发上哆嗦了好一阵，还是什么都没说，起身出门了。

车子的防尘罩不知道什么时候被摘下来了，大概是买主来看的时候吧。虽然车在家门前停了快两年，却是我在车祸之后第一次打开。我心里有点好奇，会有什么样的人敢买肇事车呢。可随即又觉得完全没有在意的必要。

害怕，激动，难过，这些情绪统统没有。就算有也是微乎其微到可以忽略不计的程度。车门开着，我只是斜靠在第二排座椅上，静静地看着斜对面昏黄的路灯。紧接着突如其来又无比清晰地想起了肖启年。虽然已经是冬天了，可他还穿着夏装，淡蓝色的格子衬衫，灰色的T恤上印着一只瞪眼的企鹅。他叉着腿坐在路灯下面，歪着头笑着看向我。我想笑却又笑不出，只好扭身回到了车子的最后一排，慢慢地躺了下去。

出事那天是怎么上车的呢，不记得了。一开始我觉得头晕就仰头靠在椅背上，后来感觉到身边有人坐了下来，我不敢睁眼，怕在我身边的不是他。直到不知道隔了多久，他安抚般地轻轻捏了捏我的手指，"刘音希，要不舒服就躺着吧。"然后我就觉得我好像把这辈子的勇气都耗尽了似的躺到了肖启年腿上。

再后来冷飕飕的风像今天这样不由分说地灌进来，我睁开眼，就看见他低着头，眼睛大到不能完全闭紧。和高中时一样，和莫比乌斯环一样循环往复的不愿醒来的梦。

可现在睁开眼，什么都没有了吧。只有柑色的光透过天窗映进来。我眯起眼睛，就算只剩下了左眼的世界，我还是毫无防备地看见了天窗上有手指划写过的痕迹。这辆车很多部件都被换作了新的，看起来就是全新的。可天窗一定是原来的，甚至幸运地没被清理过。上面的痕迹新得就像刚刚发生。"XQN LYX"。我名字的缩写后面，他还画了两只桃子和凤梨。

07

车子卖掉之后，我从那家公司辞了职。想来想去最喜欢的事情还是写小说，想做好这件事就算只有一只眼睛也没什么大不了吧。而且我也终于不用在一遍遍的故地重游中妄图去接近已经离开的你了。

在看到你说给我的最后一句话之后，我终于想到了一个与现实和解的最好方式。比起说服自己接受你不在了的事实，我宁愿相信你活在我的明天里。你永远活在我的明天里。

所以我拼了命地跑向明天。从现在起，我每天都要拼了命地跑向明天。跑到"君埋泉下泥销骨，我寄人间雪满头"的那天，也不停下来。

借我瞻前与顾后 \ 远方

再 无 晴 朗 天 气 ，
就 自 己 成 为 风 景

文 ／ 张皓宸　作家 编剧　@张皓宸

天堂巴士　＼　大肚侠

看过那么多别人的故事，电影也好鸡汤也罢，无论痛心疾首还是豁达重生，我们最想获得的不是别人那样轰轰烈烈的爱情，而是那些故事里认真的说辞，教你怎么好好爱，好让原本寂寥的生活能拥有一剂针药，在作死时悬崖勒马，失心疯时药到病除，不至于白瞎了自己，成为别人的一个玩笑。但后来嘴里念着"别摔倒"的是我们，摔得最狠的也是我们，告诉自己不许哭的是我们，哭成傻×的也还是我们。

"听过很多道理，却依然过不好这一生。"这句话原来是真的。

"止痛片先生"是我同事，还未熟识时便听说他是豆瓣红人，ID很高冷，写的东西更是感觉文艺得有距离，后来见了本尊，才发现是一个特别好亲近的人。个子不高，笨重的大黑框眼镜挡住了剑眉，脸颊有两坨硕大的咬肌，拍照喜欢张嘴吐舌头显脸小，骨子里也还是一个萌萌的爱美少年。他身体里那磨人的愁绪全仰仗于他爱文艺片爱到深处无怨尤，哭点极低，触到他的电影能让他从电影院一路哭回家里。可能也因为这种忧愁，止痛片先生常生病，微博隔三差五分享在医院吊点滴的照片。他的工位上常备一盒止痛片，时不时头疼，拿来吃一颗。

遇见"晴天小姐"是在他从厦门回来的飞机上。为什么会去厦门？因为他梦见大学的初恋，醒来后哭了，一冲动决定回学校看看。那几天，厦门少有的清凉，脑袋也痛了一路。回程飞机上，一个小女生昏昏沉沉地坐到他旁边，他朝人家看了看，很可爱，有点《九降风》里初家晴的感觉，暂且唤作晴天小姐。

其实她数错了位子，应该坐在前一排的。没一会儿，本来该坐在止痛片先生旁边的大婶过来了，操着尖嗓子说晴天小姐坐错位置，但她不说话，捏着自己的机票，一副精神不太好的样子。大婶见状怕了，认栽在前排坐下。

吃饭的时候晴天小姐把水洒了一桌，止痛片先生把纸巾给她，她擦完后又从自己包里拿出一袋还回来。止痛片先生不好意思，说没事儿，她还是一声不吭，把头靠在前排椅背上，保持这个姿势许久，连空姐问她也不理。

止痛片先生脑袋又不舒服了，吃下一颗止痛片，然后把药放在一边睡过去了。直到被晴天小姐推醒，问他有没有止痛类的药，普通话很不好，大概是广东或者香港的女生吧。止痛片先生立马把药给她，说吃一片就行。她就着果汁吞了药，又保持沉默。

下了飞机后，止痛片先生下意识地想等她，但迟迟不见人，只好先走，结果途中口袋里的止痛片掉了出来。他倒回去捡的时候，晴天小姐也正好停在那要帮他捡，他自己捡起来，没想到她竟然颔首致谢，一时间让止痛片先生莫名。她补充道：是谢谢你飞机上给我的药。他恍然，连忙笑着说没事没事。

那是那天他们为数不多的一次对话。

晴天小姐就穿了一件单薄的黑色外套，一双白色皮筋鞋。止痛片先生好担心北京的大风会把她吹跑了，担心她普通话那么烂，打车的时候能不能跟司机说清楚，但后来就没再见她。

《重庆森林》说：我们最接近的时候，我跟她之间的距离只有0.01公分，五十七个小时之后，我爱上了这个女人。止痛片先生没用到五十七个小时，就爱上了晴天小姐。

回来后的止痛片先生苦于相思，每天放着陈洁仪的《心动》魂不守舍，让整个办公室陷入奇怪的氛围，好像打破一个喝水杯都想蹲下来抱着自己哭一场。他相思晴天小姐到什么程度呢？恨不得每天都去机场看能不能偶遇她，甚至还学那些大V在微博上发起寻人，但都无果。在我们以为这段缘分像是他头痛后的某个臆想，吃片药就痊愈的时候，他们又相遇了。

特别奇妙，看完电影的止痛片先生哭着从电影院出来时，就看见了晴天小姐。那天止痛片先生第一次戴隐形眼镜，结果镜片被眼泪滑进了眼皮里，他痛苦地揉着通红的眼睛，眼泪一直掉。晴天小姐递上纸巾，止痛片先生闭着一只眼看向她，没出息地又哭又笑。

那晚，晴天小姐说她想喝酒，于是止痛片先生带她去后海的小酒馆。他明知自己酒量不行，但怎想不行到一杯就醉了，瘫倒在桌上看晴天小姐一个人默默地喝，喝得脸和脖子红成一片。止痛片先生一把抢过她的酒杯，醉醺醺地嚷：上脸的人不能喝太多。结果晴天小姐眼泪刷一下就落了下来。

她是香港人，有一个相恋六年的男友，他们在中学就认识，一起组了乐队，她是主唱，男友是贝斯手。热恋时男友也跟她说过脸红的人不能喝酒，只不过后来任凭她再怎样红了脸，即使喝死过去，男友也只是不痛不痒。因为他突然跟晴天小姐说分手，理由是对她的感觉已经不是爱情了，没有第三者，也不想瞒她。

她问止痛片先生：为什么人可以突然不喜欢一个人呢？他一直在等我一个回应，可我说不出啊，我唯一想说的，就是我还爱他。其实他可以一直瞒着我的，我根本不想知道这个事实，痴线！

止痛片先生听完，给自己点了一杯莫吉托，嚷着你别喝了，我替你喝。那晚他醉得不省人事，连怎么回家的都记不住，伴着如锤子凿般的头痛醒来，后悔到死，因为忘记要晴天小姐的联系方式。

再一次与晴天小姐失联。

大概又过了一周，晴天小姐出现在我们公司。当天是止痛片先生二十六岁生日，他戴着蛋糕店送的王子帽，举着自拍杆，做着极丑的吐舌头表情，看到晴天小姐那张惊愕的脸时，他差点没咬舌自尽。

原来是凭着那晚遗留的名片，晴天小姐找过来说是要还他酒钱。终于见到传说中让止痛片先生朝思暮想的姑娘，我们自然没少起哄，拍立得单反手机齐上，拉着他们合影，让他们靠近一点，再近一点。止痛片先生扭捏得很，推着自己的黑框眼镜不停重复人家有喜欢的人。结果呢，第二天就请了年假，给人家当免费导游去了。

止痛片先生给晴天小姐设计了一条疗伤路线，带她去了故宫，爬了长城，在颐和园里游过船，在南锣鼓巷的小剧场看过话剧，在哆啦A梦展前留下过自拍。从五道营胡同的文艺小铺到大望路繁茂的商圈，喝着北京老酸奶，被火锅辣到爽。止痛片先生说，他来北京四年，好像是第一次这么近地感受这座城市。他把手放进裤子口袋里，摸到那盒止痛片，沉吟半晌。自己的脑袋好像第一次这么轻松，原来已经可以不需要止痛片了，或者，找到了一种更有效的止痛方法。

晴天小姐回香港前，疗伤路线进行到最后一站，止痛片先生带她去了北戴河。晚上晴天小姐坐在海边发呆时，他放了烟火给她惊喜，两个人脸上泛起五颜六色的光晕。见晴天小姐眼角噙着泪，止痛片先生朝她身边坐了坐，挺直腰想让她靠，但她只是独自蜷缩着身子，抱着胳膊微微颤抖起来。止痛片先生犹豫着拍拍她的背，无言安慰。

烟火放毕，止痛片先生还变出一个孔明灯，两个人把这些电影里的桥段做完之后，天空终于回归安静，只能听见潮水无奈地涌上然后退去。止痛片先生当时就想，这么多美好的风景，看完离开后却没有太多难过，可能因为潜意识知道这些风景自己带不走，它们根本不属于你。

有的人也是人生中那一抹风景，晴天小姐就是。

那句"在北京多玩几天吧"还没勇气说出口，晴天小姐的男友就打来了电话，问她在哪里，来回几句惯常的问候后，晴天小姐又心软了，甚至想当晚就飞回去找他。

事后我埋汰过止痛片先生，刚过了二十六岁生日，父母见着你已经会开始催婚了，你看过那么多爱到死的电影，头疼了那么久，好不容易不用吃药了，为什么不去争取一下呢？

止痛片先生嘴巴倔，但心底比谁都柔软。后来他飞了一趟香港，打通晴天小姐电话的时候，对方显然很讶异。两个人约在海港城的奶茶店见面，结果那家奶茶店街头街尾各有一个，双方傻乎乎地分别在两个店等了许久，最后反而是在路途中间偶遇。

世界那么大，也又碰到了她。

听晴天小姐讲自己的男友，看她给男友带鱼蛋面的紧张样子，看男友对她不耐烦她却还一副心甘情愿的样子，止痛片先生渐渐确定了此行的目的，单独找了晴天小姐的男友。当他看见一个落寞地承受老爸留下的一身债务，还要为所谓音乐梦想憋屈的男人，似乎也理解了他为什么要跟晴天小姐分开。是啊，当年光芒万丈地弹着贝斯，高喊着"万岁"的梦想，结果却填不饱肚子。在一条走不通的路上不服气死磕，摔得遍体鳞伤还喊着坚持的口号，我们不都是这么傻么。

止痛片先生买了一份杯面，在晴天小姐男友的小开间里陪他坐着。聊到晴天小姐，止痛片先生说：东西坏了，别想到丢，试试看能不能修。我们都一样，拥有的东西很少，别等到什么都没了，才学会哭。

他没有跟晴天小姐告别，坐上了回北京的班机，把头埋在小桌板上，掉了很久的泪。看《非常勿扰2》时，姚晨说千万不要相信一见钟情，他虚弱地瞥了眼旁边的座位，晴天小姐没在那里，于是更加伤心。

直到我起笔这篇文章，止痛片先生都还没有从这份遗憾里走出来，或张口大笑或沉默寡言，在他的工位上孤单得就像一座废弃的海港，曾经停靠的船只早已遥远。他有一百种让自己忙起来的办法，但想晴天小姐在所有这些事之前。甚至有次吃饭给我们秀他新买的钱包，也是因为碰巧上面有他和晴天小姐名字的缩写。他说，权当纪念。

他又开始吃止痛片了，经常头疼得工作都进行不下去，趴在桌子上一副铩羽而归的样子。我给他介绍西城的按摩师傅，他也不去，够任性，但这就是我认识的他。

他给我发来QQ消息，好长一段，说他们去北戴河那次，他其实把对晴天小姐的心意都写在孔明灯上了，还特意用繁体字写的。虽然晴天小姐好像没什么反应，但他相信她一定看到了，所以她还是回去找男友，就已经给了他最好的答案。

爱情就像算术题，做到最后总会有一个答案，就算用再多的公式，用再多的草稿纸，它终究只有一个答案。而止痛片先生早就知道这个答案了。

电影和书教你一百种面对爱情失意的办法，对你循循善诱，把所有绝学炖成浓稠的鸡汤告诉你：要学会放手，你会变得更好。但其实，没有什么办法能减少失恋这个事实本身带来的创伤。别人的话不能，一顿美食不能，一次旅行也不能。发生了就是发生了，就像那个你撞上的电线杆，它始终都会在那里，唯有被时间打磨得伤痕累累后，带着这道疤，去找下一段风景。即使今后再无这般晴朗天气，但这段经历已然让自己成了最美的风景。

亲爱的晴天小姐，我不敢肯定你跟男友现在是否还幸福，但唯有祝愿，愿那个男人越来越好，因为这样，平行世界的止痛片先生才能放心，放心让你继续留在他身边。尽管我知道，其实你们一开始就彼此无关。

止痛片先生一定会找到一个姑娘，靠那一片药，治好他的心痛。

监　　制 / 韩寒

主　　编 / 一个工作室

执行主编 / 小饭 吴畏

产品经理 / 廖文彬

特约编辑 / 金丹华

责任编辑 / 金荣良

执行编辑 / 赵梦黎 一言 薛诗汉 贺伊曼 金子棋 向可 郭小兔

装帧设计 / 陆骏骏 鸟先森

后期制作 / 顾利军

责任印制 / 蒋建浩

流程监督 / 金怡玉玲

执行印制 / 刘淼

发行统筹 / 王誉 柴贵满

媒体运营 / 金锐 何婷

文章投稿 / onewenzhang@wufazhuce.com

图片投稿 / onetupian@wufazhuce.com

问题投稿 / onewenti@wufazhuce.com

商业合作 / onebd@wufazhuce.com

一个官网 / http://wufazhuce.com

一个官方微博 / @亭林镇工作室 @一个App工作室

果麦官网 / http://www.guomai.cc

果麦官方微博 / @果麦文化

图书在版编目(CIP)数据

和喜欢的一切在一起 / 一个工作室主编. -- 杭州：
浙江文艺出版社，2015.5（2018.12重印）
ISBN 978-7-5339-4201-4

Ⅰ．①和… Ⅱ．①一… Ⅲ．①散文集－中国－当代
②短篇小说－小说集－中国－当代 Ⅳ．①I217.1

中国版本图书馆CIP数据核字(2015)第064559号

责任编辑　　金荣良
策　　划　　小　饭　吴　畏
封面设计　　陆骏璇

和喜欢的一切在一起
一个工作室主编

出版　　浙江出版联合集团
　　　　浙江文艺出版社

地址　　杭州市体育场路347号　　邮编　310006
网址　　www.zjwycbs.cn
经销　　浙江省新华书店集团有限公司
　　　　果麦文化传媒股份有限公司
印刷　　北京盛通印刷股份有限公司
开本　　880mm×1230mm　　1/32
字数　　213千字
印张　　7.75
印数　　658,001—668,000
版次　　2015年5月第1版　　2018年12月第38次印刷
书号　　ISBN 978-7-5339-4201-4
定价　　35.00元

ONE
Book

很高兴见到你

去你家玩好吗

想得美

不散的宴席

在这复杂世界里

和喜欢的一切在一起

我们从未陌生过

可以不可以

{终} *end.*